Analyse d'œuvre

Rédigé par Juliette Einhorn

Sous la direction de Niels Thorez

Yvain

ou le Chevalier au lion

de Chrétien de Troyes

Profil Littéraire

CHRÉTIEN DE TROYES

- Né vers 1135 en Champagne
- Mort vers 1183
- **Quelques-unes de ses œuvres :**
  - *Érec et Énide* (roman, v. 1170)
  - *Lancelot ou le Chevalier de la charrette* (roman, entre 1177 et 1181)
  - *Perceval ou le Conte du Graal* (roman, entre 1181 et 1185)

Né vers 1135, Chrétien de Troyes est un clerc qui se serait éloigné de la vie ecclésiastique, attiré par la vie de cour. Il a fréquenté celle de Marie de Champagne (fille de Louis VII, 1145-1198), puis celle de Philippe d'Alsace (comte de Flandres, 1143-1191), qui ont tous deux joué auprès de lui un rôle de mécène. C'est le plus grand romancier médiéval et l'un des premiers à écrire en langue romane, à une époque où les textes sont encore largement rédigés en latin. Auteur d'adaptations d'Ovide (poète latin, 43 av. J.-C.-17 apr. J.-C.) et de chansons courtoises, il est surtout connu pour ses cinq romans de chevalerie, autour du roi Arthur et des chevaliers de la Table ronde ; des romans empreints de féerie, mais qu'il parvient à rendre réalistes. Il s'y révèle un romancier virtuose, avant-gardiste et délicat, à la fois poète et moraliste. La quête du Graal de Perceval, dans son dernier roman, symbole de salut spirituel, est à l'origine d'un mythe qui connaîtra une immense vogue en Europe, jusqu'à nos jours.

À partir du terreau mythologique de la « matière de Bretagne », c'est-à-dire les récits traditionnels de la mythologie celtique, Chrétien de Troyes élabore une architecture romanesque d'envergure, faisant résonner les structures archaïques et les croyances populaires avec les interrogations de son temps. Également imprégné de la poésie des troubadours et d'une réflexion passionnée sur l'amour et l'éthique, il répond aux exigences d'une aristocratie en quête de nouveaux modèles. À la recherche de vérité et de profondeur morales, il insuffle de la vraisemblance dans la surréalité et fait du roman l'espace d'un cheminement initiatique pour des héros en devenir. Les quêtes respectives de ses cinq protagonistes – Érec, Cligès, Yvain, Lancelot et Pervecal – sont sous-tendues par une même question métaphysique : comment concilier amour et chevalerie ?

YVAIN OU LE CHEVALIER AU LION

- **Genre :** roman en vers (6 608 octosyllabes)
- **Date de rédaction :** entre 1178 et 1181
- **Édition de référence :** « Le Chevalier au lion », in *Romans*, édition établie par Michel Zink, Paris, Le Livre de Poche, « La Pochothèque », 1994 (version bilingue ancien français/français moderne)
- **Personnages principaux :**
  - Yvain : chevalier de la Table ronde plein de noblesse et de vaillance. En partant à l'aventure, il se révèle progressivement à lui-même, ce qui l'amène à changer de nom ;
  - Laudine : veuve du chevalier tué par Yvain, elle passe pour lui de la haine à l'amour et l'épouse. Par l'amour et le pardon, elle rend le héros à lui-même ;
  - Lunete : noble demoiselle, fidèle suivante de Laudine, elle intercède à plusieurs reprises auprès de sa dame en faveur d'Yvain, quitte à user de stratagèmes ;
  - le lion : il noue une amitié indéfectible avec Yvain, qui l'a sauvé des assauts meurtriers d'un serpent. Sa reconnaissance amorce, pour le chevalier, la reconquête de sa pureté perdue ;
  - Gauvain : seigneur des chevaliers, c'est le double d'Yvain. Il entraîne son ami dans les tournois après ses noces, ce qui vaudra bien des tourments à ce dernier.
- **Thématiques principales :** les chevaliers de la Table ronde, les mystères de la forêt de Brocéliande, la vaillance guerrière, l'amour courtois, la fidélité, l'identité, la faute, l'amitié, la conscience de soi, la féerie, etc.

Il semble que Chrétien de Troyes ait travaillé conjointement à l'écriture d'*Yvain* et de *Lancelot*, entre 1177 et 1181. Aussi le chevalier au lion peut-il être mis en regard du chevalier à la charrette. À travers ces deux héros, deux conceptions de la chevalerie s'opposent : « Yvain, écrit le spécialiste de l'imaginaire médiéval Philippe Walter [...], consacre le mythe du chevalier, modèle de toute perfection, qui a su vaincre son animalité et accède ainsi à l'amour et à la souveraineté », quand « Lancelot met aux prises le héros avec un désir indompté qui le contraint à poursuivre une quête impossible, à jamais soumis à la volonté de sa dame. » (TROYES (Chrétien de), *Yvain ou le Chevalier au lion et Lancelot ou le Chevalier de la charrette, illustrés par la peinture préraphaélite*, Paris, Diane de Selliers, 2014, p. 9) Les deux romans peuvent d'une certaine manière être considérés comme un seul – l'intrigue d'*Yvain* précédant celle de *Lancelot* –, articulé autour du motif du chevalier aux prises avec la passion : amour conjugal pour Yvain, adultère pour Lancelot. C'est Marie de Champagne qui, en commandant l'œuvre à Chrétien de Troyes, lui a imposé ce dernier thème.

Si, au même titre qu'Érec, le héros de *Érec et Énide*, Yvain est une figure de l'amour conjugal, il aboutit à un modèle de chevalerie qui correspond mieux à la vision de leur créateur : à travers la mise à l'épreuve de son héros et sa rencontre/ son dédoublement avec le lion, Chrétien de Troyes approfondit sa vision de l'éthique courtoise et de la *fin'amor*. Érec négligeait l'aventure chevaleresque quand Yvain, de son côté, délaisse l'aimée pour aller courir l'aventure. Parvenant à équilibrer les polarités antagonistes de l'amour et de la prouesse, le chevalier au lion serait alors une version mûrie d'Érec : c'est par l'outrance qu'il parvient à la mesure, par la faute qu'il parvient à la tempérance.

- 5 -

LA VIE DE CHRÉTIEN DE TROYES

Gravure de 1530 représentant Chrétien de Troyes dans son atelier.

Contemporain du règne de Louis VII (roi de France, 1120-1180), dit le Jeune, et du début de celui de Philippe Auguste (roi de France, 1165-1223), Chrétien de Troyes compose son œuvre entre 1160 et 1185. Il est l'un des premiers à écrire des « romans » en langue romane (dérivée du latin), dite vulgaire – la langue d'oïl –, dans un univers culturel encore dominé, pour une grande part, par les lettres latines. Les tout premiers romans français, un peu avant et contrairement aux siens, sont d'ailleurs encore inspirés par des thèmes antiques.

À une époque où les œuvres sont mises en vedette plus que leurs créateurs, les seuls éléments biographiques incontestables en notre possession sont les allusions qu'il se plaît lui-même à distiller au compte-gouttes dans son œuvre : ainsi, dans son roman *Érec et Énide*, il se dit « de Troyes », où se tient alors la brillante cour de Marie de Champagne, fille de la reine Aliénor d'Aquitaine (1122-1204), qui joue auprès de lui un rôle de mécène. Il est ensuite lié à Philippe d'Alsace, qu'il cite dans *Le Conte du Graal*.

Les subsides touchés par Chrétien de Troyes, en tant que poète de cour, pour une œuvre de commande lui permettent d'en composer une autre plus librement. Ainsi ses romans sont-ils reliés par paires : la commande *Érec et Énide* est le pendant de l'œuvre libre *Cligès* (v. 1176) ; *Lancelot ou le Chevalier de la charrette* (commande), celui d'*Yvain ou le Chevalier au lion* (libre).

Au vu du nombre peu élevé de ses œuvres, les critiques ont émis l'hypothèse que Chrétien de Troyes serait issu de la petite noblesse, c'est-à-dire non contraint à travailler ou à écrire pour vivre. On le présente parfois comme un juif converti au catholicisme (*Le Conte du Graal* serait le reflet de cette conversion), devenu chanoine (une charte de 1173 cite un certain Christianus, chanoine de Saint-Loup de Troyes). Ces hypothèses restent pourtant fragiles. Ses écrits s'inscrivent dans la renaissance du XIIe siècle, période de grand renouveau culturel.

Clerc champenois, Chrétien de Troyes fait partie de l'élite qui sait lire et écrire, ayant reçu les enseignements du *trivium* (dialectique, rhétorique, grammaire) et du *quadrivium* (arithmétique, géométrie, musique et astronomie). Rompu à l'écriture de textes liturgiques et à l'adaptation virtuose de récits latins, en vogue à l'époque, il laisse de côté les héros mythiques, ou plus précisément il les détourne, pour mettre en scène, en vers, la société aristocratique de son temps et son idéal courtois.

Chrétien de Troyes est probablement le premier des trouvères – poètes de langue d'oïl – qui ont répandu dans les cours du Nord de la France la poésie méridionale des troubadours – poètes de langue d'oc. Son œuvre se compose notamment de deux chansons courtoises sur la *fin'amor* (amour sublime des troubadours) et de quatre « mises en roman » inspirées d'Ovide que l'auteur répertorie lui-même dans son *Cligès* :

- *Les Commandemanz Ovide*, adaptés des *Remèdes à l'amour* ;
- l'*Art d'amors*, d'après *L'Art d'aimer* ;
- le *Mors* [la morsure] *de l'espaule* et *La Muance de la hupe, de l'aronde et del rossignol*, deux épisodes du livre VI des *Métamorphoses*.

Ces œuvres sont perdues, à l'exception de la dernière, conservée sous le titre de *Philomena*, citée intégralement au XIVe siècle comme une digression au texte principal dans l'*Ovide moralisé*, anthologie de traductions et de commentaires des *Métamorphoses*.

LE ROMANCIER POÈTE DE LA CHEVALERIE

Mais ce qui fait de Chrétien de Troyes le plus grand romancier et poète du Moyen Âge est son cycle de cinq romans de chevalerie, qui met en scène, transposé dans la France du XIIe siècle, le temps mythique de la cour du roi Arthur et des chevaliers de la Table ronde, personnages de la Grande-Bretagne du Ve ou VIe siècle. À une époque où les légendes orales commencent à être fixées par écrit, il est le premier à en avoir fait la matière d'un cycle romanesque, avec des personnages récurrents. Au monde collectif de l'épopée, il substitue la figure centrale d'un héros en quête de lui-même, qui devient par là même le centre du récit. Il invente ainsi une forme intermédiaire de « roman » qui ne s'accompagne plus de musique, contrairement à la chanson de geste. Son écriture n'en reste pas moins très musicale, car conçue encore pour être déclamée. Les octosyllabes (vers composés de huit syllabes) à rimes plates (qui riment deux par deux) témoignent du passage du genre lyrique (chanté) au genre narratif (romanesque).

Les vers de Chrétien de Troyes sont extrêmement élaborés, faisant se rencontrer roman et poésie au sein de ses cinq œuvres :

- *Érec et Énide*, roman de l'amour conjugal, au style très orné ;
- *Cligès*, aux accents précieux, qui pose aussi la question du mariage ;
- *Lancelot ou le Chevalier de la Charrette*, roman de l'adultère – terminé par le disciple Geoffroy de Lagny – et *Yvain ou le Chevalier au lion*, qui traite du rapport entre mariage et chevalerie, forment une sorte de diptyque : l'intrigue du premier est emboîtée dans celle du second. Bien que cet usage soit moins marqué que dans les romans précédents, ils ont recours à l'hyperbole. Chrétien de Troyes semble les écrire simultanément, entre 1177 et 1181 ;
- *Le Conte du Graal*, enfin, que la mort de l'écrivain l'empêche d'achever, s'articule autour du thème – plus encore que dans les premières œuvres – de la révélation profonde du héros à lui-même. La quête du chevalier s'intériorise ici pour se muer en amour divin.

UN HUMANISTE AVANT-GARDISTE

Chrétien de Troyes remplace donc les thèmes antiques, canons de la littérature de son siècle, par la « matière de Bretagne ». Imprégné d'Ovide, mais aussi des facéties des contes de fées, il invente un cycle romanesque d'amour et de chevalerie aux confins du réel et de la merveille, du passé et du présent : fin connaisseur des Anciens, l'auteur est aussi résolument tourné vers l'évolution des formes et des concepts.

Cette modernité s'inscrit dans le sillage de l'école épiscopale de Chartres, dont l'enseignement préfigure les universités du XIIIe siècle, et qui tente d'adapter la philosophie platonicienne à la mystique chrétienne. On peut en effet déceler ici, jusque dans le foisonnement romanesque, très subtilement agencé, une forme de rationalisation, en même temps qu'une mystique existentielle. Chrétien de Troyes ouvre aussi la voie à la reconnaissance du statut naissant de l'auteur – on trouve d'ailleurs beaucoup de marques de sa présence dans ses textes, à travers des commentaires des faits, l'utilisation du « je », etc.

Le quatrième de ses romans arthuriens, *Yvain ou le Chevalier au lion*, qui s'inspire très certainement de la même source que le conte gallois *Owein* (ou *Conte de la dame à la fontaine*, XIIe siècle), a été qualifié de « tragi-comédie de l'aventure et de l'amour » (FRAPPIER (Jean), *Étude sur Yvain ou le Chevalier au lion de Chrétien de Troyes*, Paris, Sedes, 1969, p. 19), mosaïque virtuose entretissant les tons badin et élégiaque, épique et ironique, pathétique et comique, cousant à la narration monologues et dialogues. Tout en envoyant ses personnages affronter les vicissitudes du hasard, du sentiment et des combats, il les fait s'épanouir, pleurer et rire sous nos yeux de façon très vivante, tout en prenant du recul sur les événements. Il nous livre ainsi un « conte vrai », où la féerie montre du doigt la vérité vibrante des êtres.

RÉSUMÉ D'YVAIN OU LE CHEVALIER AU LION

LA FONTAINE QUI BOUILLONNE

À Carduel, au pays de Galles, Arthur, le roi de Bretagne, réunit sa cour à la Pentecôte. Essuyant les railleries du sénéchal Keu, Calogrenant leur raconte un mauvais souvenir. Plus de sept ans auparavant, en quête d'aventures au cœur de la forêt de Brocéliande, il a reçu l'hospitalité d'un seigneur et de sa fille – plus belle que le jour – qui hébergent les chevaliers errants. Sur le conseil d'un homme des bois qui gardait des taureaux, il s'est ensuite rendu jusqu'à une fontaine magique, dont l'eau, bien qu'elle soit plus froide que le marbre, bouillonne sous un pin toujours vert. Mais, en versant de l'eau sur son perron, Calogrenant a déclenché une terrible tempête : foudre, éclairs et vents ont tonné, avant de se calmer d'un coup. Est alors arrivé un chevalier écumant de colère, qui s'est jeté sur lui pour avoir semé le chaos sur ses terres et sa fontaine. Il a jeté Calogrenant à terre, le laissant vaincu et humilié.

Le roi Arthur, qui dormait jusqu'alors, sort de sa chambre. La reine se fait écho pour lui de ce récit, et le roi émet le vœu d'aller voir cette fontaine merveilleuse, au grand désappointement d'Yvain, qui craint qu'un autre chevalier ne parte tenter l'aventure. Il décide alors de partir en secret : même si, au dire de Calogrenant, personne n'a jamais pu triompher du chevalier de la fontaine au pin, il relèvera le défi. Point par point, Yvain revit alors chaque étape du récit de son cousin : il chevauche par monts et par vaux, emprunte un sentier de ronces, est logé par le seigneur fort aimable et sa fille charmante. Le rustre aux taureaux lui indique le chemin de la « fontaine qui bout » ; Yvain l'arrose, déclenchant un orage fracassant, auquel succède le merveilleux chant des oiseaux, mais aussi l'ire du propriétaire des bois dévastés, qui arrive à grand fracas. Ils se livrent une bataille farouche. Yvain fracasse le heaume du chevalier, l'assomme et le poursuit jusqu'à son château. Se refermant sur son passage, une porte à coulisse coupe son cheval en deux et lui tranche les deux éperons : ainsi est-il coincé entre deux portes, pris au piège.

LA RENCONTRE AVEC LAUDINE

Une demoiselle, à qui il est venu en aide par le passé à la cour d'Arthur, décide de l'aider. Pour qu'il se cache pendant que les gens du château cherchent l'assassin de leur maître – qui vient de mourir de ses blessures –, Lunete lui offre un anneau d'invisibilité. Yvain reste donc couché incognito sous le nez de ses poursuivants, ivres de fureur. Arrive alors la plus belle dame du monde : Laudine, la veuve d'Esclados le Roux. Si cette dernière ne peut le voir, Yvain reste ébahi devant tant de beauté et ne cesse de l'admirer, quoique la douleur du deuil semble l'avoir rendue folle – elle s'arrache les cheveux.

Quand passe la procession mortuaire, la blessure du mort se rouvre. Il s'agit du phénomène de la cruentation, cette croyance médiévale selon laquelle les plaies d'un mort saignent en présence de son assassin. La douleur de la jeune femme redouble alors à l'idée que l'assassin de son mari, fantôme ou démon, est encore tout près d'elle. Yvain, à son tour, reçoit une blessure irrésistible : la plaie d'amour.

Bien que Laudine n'éprouve d'abord que haine envers lui, ses sentiments évoluent grâce à la bienveillante intercession de Lunete, sa suivante, qui la convainc qu'Yvain a démontré sa supériorité et que, par ailleurs, elle a besoin de quelqu'un pour administrer ses terres. Laudine entre alors en débat avec elle-même. Elle passe, à l'égard d'Yvain, du réquisitoire au plaidoyer, pour en arriver à la conclusion qu'il n'a commis aucun crime envers elle, puisqu'il a seulement agi pour se défendre.

Elle promet donc d'accorder sa main à Yvain, tandis que Lunete lui conseille une stratégie pour qu'on ne lui reproche pas d'épouser l'assassin de son mari : elle arguera qu'elle a besoin d'un preux chevalier pour défendre la fontaine et, comme personne ne voudra assumer cette mission, aucun ne s'opposera à cette union. Liés par le plus grand amour qu'on eût jamais vu, Laudine et Yvain célèbrent alors leurs noces.

Le roi et ses chevaliers viennent voir comme prévu la fontaine magique, et le roi déclenche la tempête. Keu décide d'affronter le chevalier qui la défend. Yvain arrive – c'est lui, désormais, qui détient ce titre – et défait le sénéchal. Le roi et ses chevaliers sont ensuite accueillis et honorés au château.

Là, Gauvain convainc Yvain que, pour conserver l'amour de Laudine, il doit partir avec lui à l'aventure et ainsi préserver sa valeur. Sa dame lui accorde un congé, mais il doit revenir au bout d'un an, huit jours après la Saint-Jean, fête liturgique de la Nativité de Saint Jean-Baptiste célébrée le 24 juin. Elle lui offre un anneau d'amour qui le protégera, et Yvain part, laissant son cœur à sa dame.

LA PERTE DE L'AMOUR

Mais au gré des tournois, Yvain en oublie sa promesse et laisse passer le délai. Lorsqu'il s'en rend compte, au mois d'août de l'année suivante, il est déjà trop tard. Une demoiselle arrive de la part de Laudine. Devant tout le monde, elle l'accuse d'être un voleur de cœur : par sa trahison, il a tué sa dame, alors qu'elle-même a fait peindre les jours qui la séparent de leurs retrouvailles sur les murs de sa chambre. Elle lui retire l'anneau. De désespoir, Yvain perd la raison. Il quitte la compagnie des chevaliers et erre nu dans la forêt. Il est recueilli par un ermite, qui le nourrit. Trois dames qui le voient endormi le reconnaissent et le prennent en pitié. Elles vont chercher un onguent de la fée Morgane, qui guérit la démence. On lui en administre plus qu'il n'en faut, et il retrouve la raison.

Pour recouvrer ses forces, Yvain séjourne au château de la dame de Noroison. Lorsque celui-ci est attaqué par le comte Alier, il réduit l'ennemi à néant. Poursuivant son chemin, il tombe sur un serpent-dragon : sur le point de tuer un lion, celui-ci crache sa flamme et tient le fauve par la queue. Pris de pitié, Yvain vient au secours du lion en mettant en pièces le serpent.

Miniature du XIIIᵉ siècle d'Yvain sauvant le lion.

Le lion, reconnaissant, se met à son service. Une amitié indéfectible les lie désormais. Par hasard, ils se retrouvent à la fontaine magique. Peu s'en faut qu'Yvain ne perde de nouveau la raison. En s'évanouissant, il se blesse avec son épée ; le lion, qui le croit mort, est atteint d'un tel chagrin qu'il veut mourir. Mais Yvain se réveille et se lamente, se haïssant d'avoir perdu Laudine par sa propre faute.

C'est alors qu'une demoiselle, enfermée dans une chapelle, l'entend et se plaint à son tour de son sort. Elle lui apprend que, si un chevalier, sous 40 jours, n'accepte pas d'en combattre trois autres pour la défendre, elle sera livrée au bûcher. Yvain reconnaît Lunete, qui lui confie avoir été accusée de trahison quand il a dépassé le délai de retour : on l'accuse de déloyauté pour avoir plaidé la cause d'un traître. Yvain lui dit qui il est et s'engage à aller combattre les trois chevaliers pour se racheter. Il demande toutefois à Lunete de ne pas révéler son identité.

LE CHEVALIER AU LION

Logeant dans un château, Yvain y constate une grande affliction : il apprend qu'un géant nommé Harpin de la Montagne, pour obtenir la fille du seigneur des lieux, a déjà tué deux de ses six fils (les neveux de Gauvain) et menace de mettre à mort les quatre derniers. L'aide de Gauvain a été requise, mais il n'est pas à la cour. Yvain promet de combattre le géant, si cela lui laisse le temps d'honorer son engagement auprès de Lunete. Le lendemain, il terrasse le colosse avec l'aide du lion et demande à ses hôtes d'aller trouver Gauvain pour lui dire qu'ils ont été sauvés par le « chevalier au lion ».

Partant au secours de Lunete, Yvain combat les trois félons. Il met à mort le sénéchal, qui a estropié le lion. Pour venger l'animal, il s'acharne aussi contre les deux autres chevaliers, qu'il met à sa merci. Lunete, sauvée du bûcher, obtient le pardon de sa dame, qui demande à Yvain de rester avec son lion, car le combat les a blessés. Sans lui révéler son identité, Yvain répond qu'il ne saurait rester, car il doit partir obtenir l'absolution de son aimée. Il se présente, là encore, sous le nom de « chevalier au lion ». Il lui laisse son cœur et charge Lunete de plaider sa cause. Il repart, portant son lion exsangue et couché sur un lit de fougère.

Yvain prend du repos et guérit bientôt. Entre-temps advient la mort du seigneur de la Noire Épine, dont la fille aînée entend garder pour elle l'héritage et les terres. Sa sœur cadette part donc à la cour pour demander justice. Or son aînée, partie avant elle, obtient d'abord le soutien de Gauvain qui, le jour même, a appris l'histoire de ses neveux, délivrés du joug du géant par un chevalier qu'il est censé connaître. Entendant ce récit, la cadette part en quête de ce preux chevalier mais, malade, elle se voit contrainte d'envoyer une autre demoiselle à sa place. Celle-ci parcourt maintes contrées avant de retrouver Yvain, qui accepte d'aider la cadette.

En chemin, au château de la Pire Aventure, on chasse le chevalier, lui prédisant les pires malheurs s'il y pénètre. Entré malgré tout, il découvre 300 jeunes filles retenues prisonnières qui tissent dans la misère, entourées de pieux. Il y a très longtemps, le roi de l'île des Pucelles, pour repartir chez lui sain et sauf, a juré d'envoyer ici chaque année 30 jeunes filles de son royaume. Il sera seulement quitte de ce tribut le jour où les champions du château, deux puissants démons, seront tués. Si Yvain passe agréablement la soirée avec une jeune fille qui lit un roman à ses parents, il doit s'acquitter de cette hospitalité et combattre les deux démons dès le lendemain. Ceux-là lui donnent du fil à retordre, mais le lion, enfermé à l'écart, gratte le sol et creuse un souterrain pour se délivrer et aider Yvain. Les ouvrières sont libérées, tandis qu'Yvain refuse la main de la jeune fille.

Le chevalier au lion revient à la cour avec la cadette, où se trouvent déjà l'aînée et Gauvain – sachant qu'il ne défend pas celle qui est dans son droit, celui-ci ne veut pas combattre en son nom. Les deux amis se livrent ainsi combat au nom de chaque sœur, sans savoir qui est l'autre.

Yvain en duel face à Gauvain.

Ils bataillent férocement sans que l'un prenne le dessus ; stupéfaits par la valeur de l'adversaire, ils s'avouent mutuellement leur estime. Lorsqu'ils se révèlent finalement leur identité, ils se tombent dans les bras, et chacun veut déclarer l'autre vainqueur. Le roi doit intervenir : il résout le litige en faveur de la cadette.

Guéri, Yvain repart à la fontaine et déchaîne la tempête pour obliger Laudine à lui accorder son pardon. De son côté, Lunete convainc sa dame que seul le chevalier au lion serait en mesure de protéger ses terres. Elle ruse encore et lui fait aussi jurer de tout faire pour que ce dernier obtienne le pardon de sa dame. Laudine obtempère sans savoir de qui elle parle et quand elle comprend que le chevalier au lion n'est autre qu'Yvain, tous deux se jurent à nouveau un amour éternel.

L'ŒUVRE EN CONTEXTE

LA RENAISSANCE DU XIIᵉ SIÈCLE

Alors composée de régions indépendantes – dont la Champagne –, gouvernées par les vassaux du roi et les comtes, la France voit advenir une société de cour. Une grande partie de l'Europe celtique est colonisée aux deux âges de fer par les peuples de langue celtique. Ainsi, l'organisation de la société en France s'en est trouvée transformée : le pays se composant de groupes sociaux autonomes (on peut voir ici une influence celte), des relais à l'autorité centrale sont organisés, forme de surveillance par procuration.

En cette époque de domination de la classe combattante, le morcellement des terres, qui ont besoin d'être défendues, nécessite la présence de seigneurs locaux. La société féodale crée alors un réseau de relations hiérarchiques qui sont celles de l'aristocratie guerrière : elles lient, dans un rapport de domination et de sujétion, chaque seigneur de fief (suzerain) à ses vassaux (serfs) – le roi étant le suzerain suprême. Cette configuration découle aussi de la nécessité, pour l'Église catholique romaine, de faire du monde terrestre une réplique du monde divin.

En outre, depuis la fin du XIᵉ siècle, les Croisades, expéditions menée par les chrétiens pour délivrer la Terre sainte de la domination musulmane, alimentent la ferveur religieuse, inspirant tant la littérature chevaleresque qu'une architecture nourrie des techniques observées à Byzance (ancienne cité grecque située en partie sur l'actuelle ville turque d'Istanbul). Le premier art gothique fleurit, et avec lui les cathédrales (Notre-Dame de Paris, etc.).

Au XIe siècle, dans un contexte de réforme de l'Église, les intellectuels prennent leur essor, à l'instar du philosophe et théologien Pierre Abélard (1079-1142), qui réfléchit aux questions de langage et initie les études aristotéliciennes – il est aussi connu pour son histoire d'amour avec Héloïse, et notamment pour sa correspondance. Des traductions du grec et de l'arabe circulent, qui diffusent entre autres la pensée d'Aristote (philosophe grec, 384-322 av. J.-C), tandis que surgissent de nouvelles disciplines comme la dialectique (l'art de raisonner) et la scolastique (« Enseignement philosophique [...] qui consistait à relier les dogmes chrétiens et la Révélation à la philosophie traditionnelle dans un formalisme complet sur le plan du discours », « Scolastique », in *Larousse.fr*, consulté le 06 avril 2017). Ce nouvel humanisme s'enracine alors dans une inspiration renouvelée de la culture antique.

LES PREMIERS ROMANS

Parmi les romans antiques, trois d'entre eux, qui ont pour arrière-plan la monarchie anglo-normande, s'inscrivent dans une continuité historique, de Thèbes à Troie :

- *Le Roman de Thèbes* (v. 1150), d'après *La Thébaïde* de Stace (poète latin, v. 45-96), conte l'histoire des enfants d'Œdipe, entre épisodes guerriers et mouvements du cœur ;
- *Le Roman d'Énéas* (v. 1160), d'après l'*Énéide* de Virgile

(poète latin, v. 70-19 av. J.-C.), accorde une grande place au thème amoureux ;
* *Le Roman de Troie*, de Benoît de Sainte-Maure (avant 1172), fait alterner évocation de la guerre de Troie, prodiges et épisodes galants.

Ces textes sont en fait des « mises en roman », c'est-à-dire des adaptations d'œuvres latines prenant pour sujet ce qu'on appelait à l'époque la « matière de Rome » et la « matière de Grèce ». La tentation du romanesque est ici encore corsetée par le cadre restreint de la traduction. Or, en donnant à l'épisode amoureux une place beaucoup plus importante que dans leurs sources, ils préfigurent la place faite à l'amour dans les romans courtois. À ceci près, pourtant, que les auteurs (des clercs) font encore mine de n'être que les passeurs d'une vérité historique...

Adaptation de l'*Historia regum Britanniae* (1136) du clerc gallois Geoffroy de Monmouth (v. 1100-1155), le *Brut* de Wace (poète normand, v. 1100 - v. 1175) se situe dans leur sillage, relatant la fuite d'Énée de Troie, la naissance de Brutus et l'histoire des rois qui ont régné sur l'île depuis le roi Arthur jusqu'à Henri II Plantagenêt (roi d'Angleterre, 1133-1189), époux d'Aliénor. Mais le *Brut* constitue un tournant décisif vers le roman : Wace revendique en effet, et c'est une première, la part mythique de ses personnages, le roi Arthur et les chevaliers de la Table ronde, qui feront la fortune de la littérature courtoise et qui font leur première apparition en langue française. Présentant le monde arthurien (qui devient, dans la seconde moitié du XIIe siècle, la référence première du roman médiéval) comme un univers de légende, le roman s'émancipe de la vérité historique. En délaissant l'Antiquité pour la Bretagne, il fait le grand saut dans la fiction, sans plus s'en cacher. En quête d'une autre vérité, qui est celle du sens, il s'articule désormais autour d'une réflexion sur la chevalerie et l'amour.

Ainsi Chrétien de Troyes prend-il des libertés avec ses multiples sources pour créer une vérité neuve et irréductible qui lui est propre, un sens inédit à valeur d'enseignement qui émane du récit et de sa construction, entre aventure (le guerrier doit mettre à l'épreuve sa vaillance) et amour (c'est le sentiment qui donne un sens à son existence). Il fait advenir la figure du chevalier errant à la découverte de lui-même, de l'amour et des autres. En outre, Chrétien de Troyes a sans nul doute été inspiré par l'histoire de Tristan et Iseut, les amants de Cornouailles, modèles absolus du plus pur amour. De source celtique, celle-ci circule dans plusieurs contes bretons, mais les premiers romans français qui la racontent sont à l'état de fragments : dans les années 1170, Béroul, poète anglo-normand, et Thomas d'Angleterre, clerc à la cour d'Aliénor d'Aquitaine, mettent en vers cette *légende*, chacun à leur manière.

LA LITTÉRATURE MÉDIÉVALE

L'émergence du roman tel qu'on le connaît aujourd'hui est donc contemporaine de Chrétien de Troyes. Ce genre, qui naît au cœur du XIIe siècle, peu de temps après la chanson de geste et la poésie lyrique, est le premier à être lu et non plus chanté – une lecture à voix haute, la lecture solitaire n'apparaissant que dans un second temps. La prose littéraire n'existe pas encore, et l'octosyllabe à rimes plates des romans courtois fait figure de « degré zéro de l'écriture littéraire » (ZINK (Michel), *La Littérature française du Moyen Âge*, Paris, Presses universitaires de France, 1992, p. 132), assez souple pour accueillir les saillies de la narration et laisser s'épanouir les subtilités d'une construction romanesque en devenir.

Le genre romanesque offre alors à la littérature un espace inédit, qui le distingue de la forme épique de la chanson de geste, écrite en langue d'oïl : en strophes poétiques et chantées, celle-ci exalte la gloire des héros du passé et conte, depuis la fin du XIe siècle, les exploits et coups d'éclat des guerriers : la plus ancienne, *La Chanson de Roland*, date de 1098 environ. Écrite en langue d'oc, la poésie lyrique des troubadours est la deuxième forme que prend la littérature romane ; elle chante une conception aristocratique de la vie et de l'amour. Guillaume d'Aquitaine (comte de Poitou, 1071-1126) inaugure le genre, qui connaît ensuite une vogue extraordinaire : la *canso*, chant courtois poétique d'une cinquantaine de strophes versifiées, fait vibrer la passion amoureuse, comme dans la chanson de la « fleur inverse », que l'on doit à Raimbaut d'Orange (troubadour français, v. 1146-1173).

Et si l'aristocratie a sa littérature, la bourgeoisie n'est pas en reste et promeut une critique sociale des classes dominantes dans un esprit transgressif et irrévérencieux qui tourne aussi l'Église en dérision. Sous la forme impertinente du fabliau, le conte à rire, composé en vers, connaît un grand succès dès la fin du XIIe siècle. Du récit grivois ou comique il dégage une moralité, comme dans *Le Roman de Renart*. Cette vaste œuvre, composée par des auteurs différents à partir des années 1170 – on en distingue différentes « branches » –, met en scène des animaux – le goupil Renart ; le loup Ysengrin ; le lion Noble ; le coq Chantecler, etc. – qui s'organisent sur le modèle de la société française du temps.

LA COUR DE CHAMPAGNE

Épicentre de la Renaissance du XIIᵉ siècle, la cour de Marie de Champagne installée à Troyes, prend le relais de celle tenue par sa mère, Aliénor d'Aquitaine, à Poitiers, entre 1165 et 1173. Chrétien de Troyes y découvre la littérature de son temps : les *Lais* de Marie de France (1154-1189), *Eracle* de Gautier d'Arras (dont les deux romans ont été écrits entre 1159 et 1184), deuxième grand représentant du roman français du XIIᵉ siècle, mais aussi les romans antiques. De fait, au Moyen Âge, la création littéraire ne peut se penser hors du cadre du mécénat, et Marie de Champagne, pour Chrétien de Troyes comme pour nombre d'écrivains, joue un rôle d'inspiratrice et de mécène : se sont notamment croisés à sa cour le lettré Pierre de Celle (v. 1115-1183), le chanoine Évrat (auteur d'une traduction de la *Genèse*), le grand trouvère Gace Brûlé (1160-1213), le chroniqueur Geoffroi de Villehardouin (v. 1150-1212), etc.

À cette époque, les cours de Poitiers et de Troyes contribuent pour beaucoup à la naissance de la littérature courtoise (« de cour »), qui promeut un idéal chevaleresque aristocratique : une noblesse d'âme (par opposition à celle des « vilains ») indissociable du « service d'amour » qui lie le champion à sa dame. Par l'intermédiaire d'Aliénor et de ses filles, le midi littéraire imprègne les cours des pays d'oïl (au nord de la Loire). Les conteurs ambulants venus des îles Britanniques colportent les fables celtiques et l'amour sublime des troubadours.

Marie de Champagne tient alors un rôle crucial dans la diffusion, dans le Nord de la France, de cet idéal courtois, art d'aimer et art de vivre, et de sa casuistique amoureuse (branche de la théologie morale qui se donne comme objectif de résoudre les cas de conscience en prenant appui sur des principes théoriques appliqués aux situations de la vie). L'exaltation de l'amour adultère de Lancelot et la reine Guenièvre, dans *Le Chevalier de la charrette*, reflète d'ailleurs davantage la conception de l'amour de la mécène – à l'origine de l'argument du roman – que celle de Chrétien de Troyes lui-même.

LES TRIBUNAUX D'AMOUR

Marie de Champagne organise des cours d'amour : des tribunaux courtois, déjà mis à l'honneur par sa mère, qui s'inspirent des procès judiciaires pour régler les litiges amoureux. Les grandes dames y examinent les cas moraux et psychologiques : on résout des questions de droit (« L'amour est-il possible entre époux ? ») ou des querelles entre amants, en vertu du code de l'amour courtois qui régit les lois du cœur, et dont Andreas Capellanus, chapelain à la cour de Champagne au XIIe siècle, s'est fait l'écho dans son *Livre de l'art de l'amour* (parfois traduit par *Traité de l'amour courtois*, vers 1186).

Énonçant les prescriptions de la *fin'amor*, il y codifie une pratique qui existe depuis un siècle, célébrant l'amour courtois pour en proposer ensuite, non sans ambivalence, un antidote. Car si Capellanus définit l'amour courtois comme une source de perfectionnement liée à la *sapiens*, mélange de mesure et de magnanimité, il l'envisage aussi comme un embellissement du désir érotique, dont il faut se méfier – position pour le moins ambiguë, assez représentative de l'idéologie de son temps, écartelée entre morale chrétienne et exaltation de l'amour... En 1174, un jugement auquel Chrétien de Troyes assista peut-être émit le verdict, éminemment subversif, que l'amour n'était pas possible entre personnes mariées !

C'est dans ce contexte que Chrétien de Troyes renouvelle l'inspiration et la construction romanesques en se consacrant à une mystique de l'amour et de l'aventure, définissant un nouvel idéal à travers une forme littéraire avant-gardiste qui fait de lui, peut-être, le premier auteur moderne.

ANALYSE DES PERSONNAGES

YVAIN, UN CHEVALIER EN DEVENIR

Yvain se définit par son nom, sa condition (chevalier) et son lignage (c'est le fils du roi Urien). Familier du roi Arthur, c'est aussi un personnage historique des Bretons. Héros du roman, plein d'authenticité et de ferveur, il est traversé par une crise profonde : sa faute envers Laudine fait vaciller son équilibre et remet en cause son statut de preux chevalier. Il devient un être fracturé, incomplet, à la recherche de son unité perdue.

Un héros dédoublé

Le conflit intérieur d'Yvain est matérialisé par le grand nombre de combats qu'il doit livrer. Parce qu'il n'est pas revenu au moment dit auprès d'elle, Laudine a emporté la clé de son bonheur : « Vous avez la serrure et l'écrin/ où se trouve enfermée ma joie. » (v. 4 628) Yvain perd la raison et divague, nu dans la forêt : son errance est comme l'allégorie de son être écorché vif. Puis il devient inséparable du lion qu'il a sauvé des assauts du serpent.

Son identité se dédouble alors. Aux yeux de tous, il n'est plus Yvain, mais le chevalier au lion : la métamorphose de son être affecte jusqu'à son nom et son identité. Seuls lui et Lunete, sa complice, savent que ces deux êtres ne font qu'un.

Au fil du récit, Yvain se voit attribuer plusieurs identités. Ainsi d'époux aimé devient-il fantôme, puis démon, fourbe traître, menteur, trompeur, et jusqu'à parvenir à l'état de presque vacuité : « Je cherche quelqu'un que je n'ai jamais vu » (v. 4 899), dira la demoiselle qui le recherche au nom de la cadette de la Noire Épine. Partout, sa réputation le précède, mais on ne sait plus où ni qui il est : « Dame, si l'on pensait être en mesure/ de trouver l'homme qui tua le géant/ et qui vainquit les trois chevaliers,/ il serait bon d'aller le chercher » dit Lunete à Laudine (v. 6 592-6 594).

Des identités réconciliées

Recouvrer pleinement son identité devient tout l'enjeu du roman. Petit à petit, Yvain se réinvente, agissant enfin en son propre nom pour se réconcilier avec lui-même. Fait significatif : quand Yvain combat Gauvain, son fidèle lion n'est pas présent. C'est pourtant le moment où, combattant sous le nom de « chevalier au lion », Yvain est sur le point de synthétiser ses deux identités. De fait, il a suffisamment intériorisé – à force de combattre pour défendre tous ceux qui en ont besoin – la noblesse et la générosité du lion. Dès lors, il n'a plus forcément besoin que l'animal soit à ses côtés pour incarner ce que ce dernier symbolise : il porte maintenant ces valeurs en lui.

Au terme du roman, Yvain et le chevalier au lion sont enfin confondus : d'abord quand le fils d'Urien combat Gauvain et réaffirme sa valeur au plan de la prouesse, puis lorsqu'il obtient finalement le pardon de Laudine, surprise de retrouver son époux sous l'armure du chevalier au lion, qu'elle a délibérément mandé pour protéger ses terres et affronter l'ennemi – Yvain lui-même – qui a déchaîné la tempête. Le dénouement extériorise alors au plan de l'action le conflit intérieur du héros, acmé symbolique où sa métamorphose est portée à son comble : ici il ne combat plus le monde, mais ses propres démons. En se mesurant à cette part profonde de son être, Yvain retrouve enfin son unité.

LAUDINE, OU L'AMOUR QUI SE MÉRITE

Veuve d'Esclados le Roux, le défenseur de la fontaine tué par Yvain, Laudine est « plus belle qu'une déesse » (v. 2 370). La première fois qu'Yvain la voit, dans les affres du deuil, elle nous est pourtant présentée comme une femme « démente » (v. 1 156), dans un registre pathétique : « Et jamais ne peuvent tarir/ les larmes qui lui tombent des yeux. » (v. 1 470-71) Mais elle recouvre rapidement ses esprits, pour mieux réaffirmer son autorité sur ses terres et sur le cœur d'Yvain.

Une femme de tête

Laudine est une femme de tête : dans un débat avec elle-même, qui donne lieu à un beau monologue, elle met en scène le plaidoyer pour celui qui a tué son mari. Elle fait alors preuve d'une certaine liberté d'esprit que Chrétien de Troyes rapporte, en persiflant, à une « inconséquence qu'elle partage avec les autres femmes [...] : elles ne reconnaissent pas leurs caprices et rejettent ce qu'elles désirent », v. 1 644-49. Cette liberté la rend capable de dépasser son émotion première pour délibérer avec elle-même et passer de la haine à l'amour. Ainsi, se persuadant qu'Yvain n'a commis aucun crime, puisqu'il se défendait, Laudine développe un argumentaire en sa faveur et en adéquation avec ses propres intérêts.

Fine stratège, conseillée par la fidèle Lunete, elle se fait même prier par ses gens « pour faire ce qui lui plaît » (v. 2 115). En dépit de l'idéal courtois, qui exalte la souveraineté de la dame, la réalité féodale ne confère aucun droit aux femmes, qui dépendent de leur père ou de leur mari : Laudine n'a donc d'autre choix, pour défendre sa terre et subvenir à ses besoins, que de prendre un nouvel époux. Le droit féodal, par ailleurs, accorde toute légitimité au vainqueur d'un combat. Laudine s'arrange donc, habilement, pour mettre ses sentiments en adéquation avec ses intérêts. Chrétien de Troyes glisse donc ici une subtile allusion à la réalité du statut des femmes de son siècle.

Une fée paradoxale

Laudine épouse donc Yvain, lui offre son anneau et se donne à lui avec passion. Sur les murs de sa chambre, elle fait peindre « tous les jours et toutes les saisons » (v. 2 756) qui la séparent du retour de son aimé – figure lointaine d'une Pénélope qui tricote et détricote en attendant Ulysse. Entière, elle fait dire à Yvain, qui n'a pas respecté le délai imposé, qu'il l'a « tuée » (v. 2 743), et n'empêche pas la condamnation de Lunete au bûcher pour trahison. Passée de la haine à l'amour à l'égard de son chevalier, elle opère donc ici le trajet inverse, avant de voir les élans de son cœur s'inverser une nouvelle fois lorsqu'elle trouve finalement en elle assez de magnanimité pour pardonner à Yvain. Ainsi, Laudine se fait l'intercesseur entre l'ancien et le nouvel Yvain, ce qui fait d'elle une pierre de touche contribuant directement à l'accomplissement du héros. Ce n'est pas pour rien qu'elle est propriétaire de la fontaine magique, dont le perron est fait d'émeraude : bouillonnante, elle passe de la haine à l'amour, de même que, près de la fontaine, l'orage fait place au chant des oiseaux. En Laudine, le critique Jean Frappier voit d'ailleurs la « vision anthropomorphique et divinisée » d'une source, fée aquatique qui offre son amour au héros (FRAPPIER (Jean), *Étude sur* Yvain ou le Chevalier au lion *de Chrétien de Troyes,* p. 102).

LUNETE, UNE CONFIDENTE MUTINE

« Aimable brunette » (v. 2 418), inspirée des nourrices et des magiciennes venant en aide aux jeunes filles ivres d'amour chez Ovide, cette noble demoiselle de rang aristocratique (comme Laudine) préfigure aussi la suivante du théâtre des XVIIe et XVIIIe siècles – servantes de Molière (comédien et dramaturge français, 1622-1673), soubrettes de Marivaux (romancier, moraliste et auteur comique français, 1688-1763), etc. Habile entremetteuse et amie bienveillante, elle offre à Yvain l'anneau d'invisibilité et intercède à plusieurs reprises en sa faveur auprès de Laudine. Elle semble savoir mieux qu'eux, et avant eux, ce qu'ils ressentent et comment agir pour mettre leurs sentiments en adéquation.

Fine rouée, Lunete maîtrise l'art de la manipulation bienveillante :

- quitte à essuyer ses foudres, elle sort d'abord Laudine de sa torpeur, soulignant l'intérêt de sa dame à épouser Yvain ;
- ce faisant, elle se garde bien de lui dire que cela servirait aussi son intérêt à lui, puisqu'il s'est épris d'elle ;
- puis, pour attiser le désir de Laudine en différant sa

résolution, elle ne lui dit pas, une fois celle-ci gagnée à sa cause, qu'Yvain est déjà à l'intérieur du château. Elle lui fait plutôt croire qu'il arrive, plus rapide que l'éclair, pour satisfaire à son désir – façon habile de ménager l'amour-propre de sa dame et de mettre en valeur le dévouement de l'aimé. À Yvain, elle ne s'ouvre pas de ce petit arrangement avec la vérité – elle leur ment donc à tous les deux ;

- Lunete aide aussi Yvain à son insu : « Enclose en sa chapelle » (v. 3 565), elle échappe de peu au bûcher, accusée de trahison par le sénéchal pour avoir plaidé la cause d'un traître. Malgré elle, elle donne ainsi l'occasion à Yvain, sous le nom de « chevalier au lion », de franchir une étape supplémentaire dans son parcours initiatique, puisqu'il affronte le sénéchal et deux chevaliers pour la sauver. Encore essaie-t-elle, par générosité, de l'en empêcher ;
- pour finir, elle contribue aux retrouvailles d'Yvain et Laudine, persuadant celle-ci de s'engager à obtenir, pour le chevalier au lion, le pardon de sa dame : à travers ce quiproquo, elle accepte encore de mentir par omission au nom d'une vérité supérieure, l'amour.

LE LION, FIGURATION DU NOUVEL YVAIN

Avant même d'entrer en scène, le lion est présent dans les comparaisons, où il incarne un modèle suprême de vaillance : Esclados le Roux, qui fait plus de vacarme que dix chevaliers, est « aussi féroce qu'un lion » (v. 486) tandis qu'Yvain se précipite parmi les chevaliers du comte Alier « comme le lion parmi les daims » (v. 3 207). De fait, dans le bestiaire médiéval, c'est un symbole de force quasi invincible, de noblesse et de générosité – à l'inverse du serpent, symbole de félonie. C'est aussi une allégorie du preux chevalier et du Christ sauveur, gardien de l'autre monde, exécuteur des peines infligées aux défunts. Cela fait de lui une figure ambivalente d'amitié fidèle et humble, en même temps que de vaillance carnassière.

La rencontre d'Yvain avec le lion est située à l'exact milieu du roman : c'est sa pierre angulaire, celle qui donne son nom au héros – ainsi qu'à l'œuvre elle-même – et préside à sa renaissance. « Il est à moi et moi à lui » (v. 6 459), « je l'aime autant que moi-même » (v. 3 794) dira Yvain.

Personnifié, le lion devient le double d'Yvain. Le chevalier veille sur le lion (il le sauve des crochets du serpent, fait de son écu une litière pour coucher l'animal blessé, etc.) et le lion veille sur le chevalier (il combat Harpin de la Montagne, terrasse les « deux fils de netun », etc.).

Représentation du XVe siècle d'Yvain, aidé de son lion, combattant un dragon.

Recréant ainsi une relation égalitaire, fondée sur l'entraide et la réciprocité, Yvain se rend de nouveau digne de Laudine. Le lion prend d'ailleurs la place de l'anneau d'amour qui lui a été retiré ; à une soustraction se substitue donc une addition et le fauve devient l'ombre portée d'Yvain. Surtout, la rencontre de l'animal marque l'étape liminaire de l'intériorisation spirituelle d'Yvain, qui commence un nouveau chemin ; le lion devient un signe d'élection. Avec l'anneau, la force d'Yvain venait de l'extérieur ; avec le lion, son double, elle provient de lui-même.

GAUVAIN : UN EFFET DE MIROIR

Autre chevalier de la Table ronde, fils du roi Lot et neveu du roi Arthur, Gauvain est le chevalier des chevaliers, incarnation par excellence de la vaillance et parangon de la chevalerie : « La chevalerie est illuminée/ par lui exactement de la même façon/ que le soleil, le matin,/ diffuse ses rayons. » (v. 2 408-09) D'emblée, Yvain et Gauvain sont donc mis sur le même plan. Quand il faut affronter un ennemi particulièrement redoutable, c'est à l'un ou à l'autre que l'on fait appel : « Il n'y en a que deux au monde/ qui oseraient livrer bataille/ contre trois chevaliers pour me défendre. [...] L'un est monseigneur Gauvain/ et l'autre, monseigneur Yvain » dit Lunete (v. 3 613-22).

La tentation de la prouesse

Quand Gauvain entraîne Yvain dans les tournois, juste après ses noces, il fait office de tentateur, mais pour la bonne cause : « Votre valeur doit augmenter » l'enjoint-il (v. 2 499). Il apparaît alors comme le rival de Laudine, l'aimé d'Yvain sur le plan de l'amitié, tant ils sont liés par le plus haut degré de l'estime et de la fraternité. À tel point qu'emporté dans le tourbillon de l'aventure, Yvain ne respecte pas le délai accordé par sa dame...

La vaillance des deux chevaliers est telle, au bout d'un an de tournois, qu'ils tiennent leur propre cour : ils sont si nobles que même le roi est presque leur vassal ! Plus tard, quand Yvain terrasse le géant Harpin de la Montagne pour sauver les neveux de Gauvain, il demande à ceux-là d'aller trouver son ami pour lui conter la prouesse du « chevalier au lion ». Faire connaître son exploit à Gauvain est pour lui un premier pas sur le chemin de la reconquête : il a besoin d'exister de nouveau dans les yeux de son ami.

La fraternité en question

Leur amitié connaît un point de tension extrême – moment de grâce en même temps –, quand les deux amis s'affrontent, représentant chacun une des filles du seigneur de Noire Épine. L'amitié prend, temporairement, le visage de l'antagonisme : « Les ennemis sont ceux-là mêmes/ [...]/ qui s'aiment l'un l'autre de l'amour le plus saint .» (v. 6 044-6 046)

C'est une nouvelle étape sur le chemin accidenté du héros : Gauvain sert à Yvain de miroir et de révélateur. Si, au début du roman, ils sont présentés comme égaux, Yvain, après qu'il a commis sa faute, est pris en défaut et devient inférieur à l'autre. Mais ce combat final les remet sur un pied d'égalité : étant donné que Gauvain a accepté de défendre les intérêts de l'aînée qui veut déshériter sa sœur, il ne se situe pas du côté du droit ; Yvain, quant à lui, défend la cadette, toute légitime à exiger sa part d'héritage. Tout se passe comme s'il lui fallait dépasser Gauvain en noblesse pour pouvoir reconquérir la sienne, Gauvain étant sa référence absolue et son double, la jauge à l'aune de laquelle il évalue sa propre identité. En cela, leur amitié est aussi une rivalité constructive.

ANALYSE DES THÉMATIQUES

L'AMOUR COURTOIS REVISITÉ

C'est le thème de prédilection de Chrétien de Troyes, sur lequel repose ici la structure du roman : conquête de l'amour/perte/reconquête. L'écrivain fond la mythologie celte, basée sur le matriarcat et une féminité souveraine, avec la nouvelle idéologie féministe de l'amour, introduite par les troubadours dans une société chrétienne misogyne, qui consacre encore la dépendance totale de la femme et la livre aux volontés successives du père et de l'époux. En cela, l'écrivain prône un idéal courtois modéré, qui fait de la femme une figure centrale, mais sans excès. Il plaide pour une éthique de la mesure, où les forces en présence s'équilibrent (amour/chevalerie ; chevalier/dame). En outre, ce motif central intéresse aussi théologiens et mystiques, puisqu'il préside non seulement à la relation des hommes entre eux, mais aussi au rapport des hommes à Dieu.

L'amour fou

Dès qu'il la voit, Yvain s'éprend de Laudine. Encore caché par l'anneau d'invisibilité, il aperçoit la veuve par une « petite fenêtre » (v. 1 283) ouverte par Lunete. Esthétisée par ce jeu de regard, Laudine apparaît à Yvain comme si le monde entier se réduisait, dès ce premier coup d'œil, au cadre qui la découpe comme une miniature : déjà, il n'y a plus qu'elle. Aussi est-il sur le point de « commettre un acte insensé » (v. 1 311), celui de « courir lui tenir les mains, quelles qu'en soient les conséquences » (v. 1304-05). Le chevalier est à la fois saisi de pitié à la vue de son désespoir et exalté par un amour qui l'incite à l'imprudence.

Yvain et Laudine ne se sont pas encore parlé, mais se rencontrent déjà en quelque sorte sur le terrain de la folie, avant même d'être présentés en bonne et due forme. L'un et l'autre sont en effet en proie à des sentiments extrêmes, à la fois distincts (chagrin du deuil pour elle, coup de foudre pour lui) et voisins (passée une certaine extrémité, la tristesse et l'amour se laissent déborder par une même sidération) : la folie de l'une, qui « se pâme et se déchire » (v. 1 301), dialogue alors avec la folie de l'autre.

Ici, l'amour fou est d'emblée placé sous le signe du paradoxe. En effet, le chevalier s'éprend de Laudine, épouse d'Esclados le Roux, le défenseur de la fontaine qu'il vient de tuer (l'amour courtois ne se conçoit pas forcément dans le cadre conjugal) : « Je vais aimer mon ennemie », dit d'ailleurs Yvain (v. 1 455). Son sentiment est alors d'autant plus exalté qu'il est duel : Yvain veut se faire aimer de celle qui le hait. Nouvel art d'aimer, l'amour courtois est dialectique : il procède par contradiction et opposition. Ce qui lui donne son prix est, précisément, ce passage d'un extrême à l'autre : le comble du négatif, retourné par la force du cœur en superlatif. Premier défi donc pour Yvain : transformer son ennemie en amie. Cet amour est donc aliénant, c'est-à-dire qu'il rend étranger à soi-même. D'ailleurs, plus tard, la perte de l'amour fait aussi de l'amant un autre : Yvain, qui a rendu son anneau, perd la raison et erre nu dans la forêt. De noble chevalier, il se transforme en homme sauvage, presque animal...

L'amour est surtout le moteur narratif d'*Yvain* : puisque son « je » est un autre, tout l'enjeu du roman sera pour le héros, afin de retrouver son aimée, de faire coïncider de nouveau les deux parts de lui-même. Sa perte fait s'effondrer les fondations du chevalier, jusqu'à la démence. L'amour devient alors littéralement fou, le plongeant dans une rage mélancolique :

> « Il aimerait mieux enrager vif
> que de ne pas pouvoir se venger
> de lui-même, qui s'est retiré tout sentiment de joie. »
> (v. 2 793-95)

> « Il lui monte un tourbillon
> dans la tête, si puissant qu'il perd la raison ;
> puis il déchire ses vêtements et s'en dépouille
> et s'enfuit par les champs et les vallées
> [...]
> Il guette les bêtes dans les bois,
> il les tue, et puis il mange la venaison toute crue. »
> (v. 2 804-26)

Absolu sans demi-mesure, l'amour est ici ce qui habille l'individu et le construit, ce qui lui donne sociabilité et raison de vivre. Plus qu'un sentiment, il structure l'identité. Expression de l'extrême pureté, il ne souffre aucun compromis et peut se muer subitement en son inverse. Car la haine n'est que le revers de l'amour, son double inversé : ainsi Laudine passe-t-elle, pour Yvain, de la haine (envers le meurtrier de son mari) à l'amour, puis de l'amour à la haine (pour celui qui l'a trahi en dépassant le délai) et, de nouveau, de la haine à l'amour !

Comme si, pour atteindre l'amour véritable, il fallait avoir transité plusieurs fois par ces états extrêmes et contradictoires, et avoir aperçu toutes les virtualités – positives et négatives – de l'être aimé jusqu'à le connaître entièrement et pouvoir le restaurer dans son identité complète.

Une mystique du cœur

Personnifié, l'amour pur est un occupant noble, mais mutin, qui se plaît à « mettre ensemble sucre et fiel » (v. 1 405). Sa « flèche dont la blessure ne guérit pas » (v. 5 380) inflige une plaie qui « dure plus longtemps/ qu'un coup de lance » (v. 1 372-73) et « empire/ près de son médecin » (v. 1 376-77). Celui qui en est victime est placé sous sa juridiction, dans une position de vassalité. « Celui qui aime est véritablement en prison » (v. 1 945), et, de surcroît, privé de son cœur, puisque c'est l'aimé qui en est le dépositaire et emmène (ou conserve) le cœur de l'amant avec lui. Ainsi, lorsqu'Yvain quitte Laudine pour suivre le roi et ses gens, son cœur demeure auprès de Laudine, quoique son corps semble s'éloigner... Plus tard, quand Yvain délivre Lunete du bûcher, « il lui tarde beaucoup de voir/ de ses propres yeux celle que voit son cœur » (v. 4 340-41). De fait, l'amour courtois redessine l'anatomie de l'amant, cousant un réseau symbolique entre ces deux organes : les yeux, tournés vers l'extérieur, ne sont que la matérialisation des yeux véritables, c'est-à-dire ceux du cœur ; ceux-là, tournés vers l'intérieur, voient l'aimée même quand elle n'est pas là – parce qu'ils sont reliés à l'invisible, c'est-à-dire à l'essence des choses – et font accéder l'humain à un au-delà de lui-même. Par là, Yvain se fait le chantre d'une certaine mystique du cœur : l'amour donne accès à la part la plus intime de l'être.

L'amour est ici une forme de transcendance, une divinité intermédiaire entre le ciel et la terre : « S'il veut bien s'évertuer,/ de deux journées il en fera une./ Qu'il fasse de la nuit un autre jour », exige Laudine de son prétendant (v. 1 837-41). C'est une véritable religion, à qui on voue un culte et qui a tous les pouvoirs, y compris celui de concurrencer le temps et d'inverser les polarités. En matière d'amour courtois, le chevalier est tenu à l'impossible. Il doit se dépasser. L'ensemble des combats qu'Yvain mène, le grand nombre de ses prouesses et aventures illustrent sa vaillance, mais tendent surtout vers un seul dessein : reconquérir Laudine et atteindre à une plénitude de l'être en synthétisant l'aventure et la passion. L'amour, l'union des âmes, est le stade ultime de l'éthique courtoise, plus important encore, dans la perspective de l'élévation de soi, que la prouesse guerrière.

LA VAILLANCE GUERRIÈRE

Un guerrier hors pair

Depuis *Le Roman de Thèbes* et le *Brut* de Wace, la chevalerie est un idéal, prôné comme ultime accomplissement de l'être. Yvain, à ce titre, est présenté comme un guerrier hors pair, chevalier sans peur et sans reproche : « Un seul de ses coups/ en vaut deux des leurs, selon n'importe quelle mesure » (v. 4 499-4 500), commente le narrateur, lorsque celui-ci affronte un sénéchal et deux chevaliers pour sauver Lunete.

Tout au long du roman, Yvain est d'ailleurs engagé dans nombre de combats sanguinaires, comme ici contre le géant Harpin de la Montagne : « Il trempe le fer de la lance dans le sang qui jaillit du corps, comme dans de la sauce » (v. 4 197-99) et « il lui enlève une carbonnade de la joue » (v. 4 209).

Parce que l'habileté dans le maniement des armes est un signe d'élection, Chrétien de Troyes s'attarde longuement, à de nombreuses reprises, sur la description des techniques de combat. L'art équestre, tout d'abord, et le maniement de la lance, avec laquelle le chevalier essaie de faire tomber son adversaire de sa monture en le perforant de toutes ses forces : « Il heurta l'écu d'un chevalier/ si vigoureusement/ qu'il abattit ensemble, à ce qu'il me semble,/ le cheval et le chevalier./ Et ce dernier ne se releva pas par la suite,/ car son cœur creva dans sa poitrine/ et il avait l'échine brisée en son milieu », commente l'auteur tandis qu'Yvain affronte le comte Alier (v. 3 155-61).

Vient ensuite le combat à l'épée. Ici, l'adresse et l'élégance comptent autant que la sauvagerie : « Voyez comme il se bat/ avec son épée, quand il la tire !/ Jamais, avec Durendal, Roland ne fit/ un si grand massacre de Turcs/ à Roncevaux, ni en Espagne, » (v. 3 238-40) Une certaine éthique est aussi de mise, et le chevalier doit par exemple mettre pied à terre si son adversaire est au sol. Soit l'adversaire est tué, soit, s'il est défait, il se constitue prisonnier, comme ici le comte Alier : « Il dut jurer qu'il irait se rendre/ à la dame de Noroison,/ qu'il se constituerait son prisonnier/ et qu'il ferait la paix selon les termes et conditions qu'elle lui fixerait. » (v. 3 287-90)

Au sein de l'aristocratie guerrière de la société féodale, on combat pour défendre sa terre ou sa personne (tel Esclados le Roux qui défend sa fontaine), ou on se fait le champion d'une cause, en combat judiciaire : le chevalier représente alors une des parties en présence, comme le fait Yvain à maintes reprises. Paradoxalement, ces combats singuliers ou collectifs, théâtres d'un déchaînement de violence, permettant tout pour réduire à néant l'adversaire et visant à prouver le courage des chevaliers, font partie intégrante de l'éthique courtoise si raffinée : la noblesse et les valeurs positives qu'elle promeut restent donc attachées à la sauvagerie.

Passion et aventure, sœurs siamoises et rivales

Mais Chrétien de Troyes se distingue en donnant un cadre moral à la guerre. À partir du moment où Yvain a épousé Laudine et s'engage à défendre sa fontaine, il appartient à deux mondes : en tant que seigneur et époux, il doit protection et fidélité à sa dame ; en tant que chevalier de la Table ronde, il doit servir à la cour d'Arthur et combattre en son nom. En d'autres termes, sa vaillance est vouée à n'être plus éprouvée que dans le cadre de l'une ou l'autre de ces deux allégeances. Aussi n'est-il pas innocent que la succession de tournois auxquels l'invite Gauvain après ses noces, pendant plus d'une année, ait pour conséquence de lui faire oublier son engagement auprès de Laudine : Yvain, au service de sa propre gloire, s'oublie alors dans la gratuité de combats dénués de sens. L'aventure a pris le pas sur la passion...

L'équation est complexe : l'amour, la noblesse de cœur et la prouesse sont indissociables (Laudine aime d'abord Yvain parce qu'il est preux, courageux et noble) et inversement proportionnels ; l'un et l'autre s'alimentent et se menacent réciproquement. La prouesse est une condition de l'amour, mais c'est au nom de l'amour, parce qu'il est mis à l'épreuve pour le reconquérir, qu'Yvain traverses ses aventures. À cause de sa faute (ne pas être revenu auprès de Laudine au bout du délai d'un an), Yvain doit refaire son parcours initiatique de chevalerie, tout réapprendre et conquérir une seconde fois. En trahissant sa dame, il perd plus que l'amour : il est démuni de tout ce qui le constituait. En fait, à compter du moment où il prend conscience qu'il a failli à son devoir, Yvain met toujours ses prouesses au service de causes nobles : il exerce alors une violence non gratuite, au nom de la justice, du droit et de l'éthique courtoise. La prouesse devient donc l'instrument d'un approfondissement et d'un dépassement de l'être.

LA FAUTE ET SA RÉPARATION

Yvain à l'épreuve du feu

La trahison de Laudine par Yvain, on l'a vu, met en péril tout son être. Pour obtenir le pardon de l'aimée, il lui faut passer par l'épreuve du feu, rééduquer son cœur pour lui apprendre à voir les autres. La difficulté de la mise à l'épreuve est alors illustrée par la succession et l'emboîtement des intrigues, entrecoupées par des retours réguliers à la fontaine, terre de Laudine et centre névralgique du récit. Avant d'obtenir la grâce de son aimée, Yvain devra ainsi :

- combattre le comte Alier pour sauver la dame de Noroison ;
- tuer le serpent pour sauver le lion ;
- affronter trois hommes en même temps pour épargner Lunete ;

- terrasser le géant Harpin de la Montagne, puis les deux démons du château de la Pire Aventure ;
- livrer bataille à Gauvain en combat judiciaire ;
- enfin, déclencher les 14 points de foudre et d'éclairs de la fontaine pour forcer le pardon qu'il a tant de mal à obtenir.

Ces aventures hyperboliques prennent sens, pour Yvain, à travers le prisme de cette haute visée morale : se réhabiliter. L'effet de surenchère romanesque, dû au nombre et à la difficulté des combats, est sous-tendu par cette nécessité : seul celui qui a commis la faute peut la réparer, et l'âpreté de la tâche doit être à la mesure de l'outrage.

Vers la réconciliation

En désespoir de cause, à la fin du roman, Yvain confronte son aimée à ce dilemme : il est le seul à pouvoir endiguer l'orage de pluie qu'il a lui-même déclenché, mais ne voudra pas l'arrêter tant qu'il est en guerre contre sa dame. En termes de stratégie, Yvain crée donc un problème pour mieux pouvoir le résoudre. La conséquence ramène ici à la cause : pour annuler l'orage (la conséquence), il faudrait pardonner la colère due à la trahison (la cause). Métaphysiques et amoureuses, la quête et sa résolution sont aussi logiques et intellectuelles.

Face au péril de la tempête, seul le chevalier au lion (dont Laudine ne connaît pas la véritable identité), par sa vaillance, est à même de la sauver, à condition qu'elle parvienne à lui faire retrouver l'amour de sa dame. Laudine a donc, elle aussi, son rôle à jouer dans la réparation de la faute car il faut nécessairement être deux : celui qui répare, mais aussi celui qui accepte que ce qui a été entrepris dans ce dessein puisse réparer la faute. C'est une négociation, une façon de faire chacun un pas vers l'autre. La faute sera seulement expiée quand les identités scindées d'Yvain auront fusionné, quand, dans le cœur de la dame, les deux ne feront plus qu'un. Ce faisant, elle lui rendra son unité perdue. L'accomplissement du héros est alors double : il retrouve l'amour par sa vaillance et la révélation d'une vérité cryptée. La réunification de ses deux identités apparaît en effet comme une épiphanie, l'apparition de ce qui était dissimulé. Aimer quelqu'un, c'est lui donner un nom, accepter de le voir vraiment. Réconcilié avec sa dame, Yvain l'est aussi avec lui-même.

UNE FÉERIE COULÉE DANS LE CADRE DU ROMAN

Au merveilleux des contes, Chrétien de Troyes substitue un univers onirique, mirage ou illusion qui s'intègre dans la réalité. Les frontières entre le réel et la magie sont brouillées. L'« Autre Monde » de la mythologie celtique est bien présent – dans « ce pays-là [...] deux lieues en font une et quatre en font deux » (v. 2 959-61) –, mais il donne une épaisseur morale au merveilleux.

C'est ici une merveille humanisée, presque rationnelle, une mystique profane : le rustre qui garde les taureaux, s'il ressemble à un monstre, est bien un homme ; l'onguent magique de Morgane fait revenir Yvain de cet autre monde qu'est la folie, mais la fée Morgane elle-même n'apparaît pas, etc. Voici donc quelques exemples de ces merveilles, vecteurs d'étonnement et de plaisir pour le lecteur, mais lot quotidien du chevalier en quête d'aventures :

- **la fontaine qui bout** (dont il est question dès le vers 369 et jusqu'à la fin du récit) : une fontaine magique, hors du temps, sous un arbre qui « garde son feuillage par tous les temps » (v. 385) et qui accomplit des prodiges. On y passe de la pire tempête (qui fait tomber le ciel sur la tête, dès lors qu'on verse de l'eau, « qui bout comme de l'eau chaude » sur son perron d'émeraude, v. 422), à une embellie digne du paradis : les oiseaux gazouillent tous une « mélodie différente » (v. 467), qui hypnotise. On peut reconnaître ici un culte primitif des sources, emprunté à plusieurs contes – et inspiré de la fontaine de Barenton – sur un sanctuaire gaulois qui existe vraiment dans la forêt de Brocéliande. Il incarne l'endroit idéal où le ciel et la terre se rencontrent. Mais, au-delà de son caractère magique, la fontaine constitue un pivot narratif et symbolique du roman ;
- **l'anneau d'invisibilité offert par Lunete** : il a « le même pouvoir/ que le bois qui est sous l'écorce/ qui le recouvre, de telle sorte qu'on ne le voit point » (v. 1 026-1 028) et permet à Yvain d'échapper aux gens du château de Laudine, qui veulent se venger de la mort d'Esclados le Roux. Il permet aussi un effet comique, suggérant un Yvain qui se moque de ses assaillants, à leur nez et à leur barbe ;
- **l'anneau d'amour offert par Laudine**, qui rend Yvain invulnérable, à condition qu'il ne l'oublie pas : « Cet anneau vous servira d'écu et de haubert » lui dit-elle

(v. 2 612). En rendant Yvain inattaquable, il produit, dans le registre magique, ce que le lion permettra par la suite, de façon incarnée – et moralisée : l'amitié du lion, fruit de la générosité d'Yvain, lui révèle une force qui est en fait la sienne et ne vient plus de l'extérieur ;

- **des personnages de conte** : un « nain bossu et enflé » (v. 4 098), le géant Harpin de la Montagne, au « pieu/ gros et carré, pointu à un bout » (v. 4 087), « deux fils de netun » (v. 5 509) – des diables nés d'une femme et d'un netun (ou lutin, déformation du nom Neptune) – au château de la Pire Aventure, etc. Toutes ces apparitions tendent à intensifier la tension dramatique, et ces personnages servent de repoussoirs : par leur laideur physique et morale, ils mettent en valeur la renaissance spirituelle d'Yvain ;

- **le phénomène de la cruentation**, cette croyance médiévale selon laquelle la blessure d'un homme tué se remet à saigner quand le meurtrier s'approche du mort (v. 1 189-1204) : le fait que les plaies d'Esclados le Roux se rouvrent pendant la procession funèbre est un phénomène destiné à contrer les pouvoirs de l'anneau qui rend Yvain invisible. C'est un effet saisissant que celui provoqué par l'image d'Yvain, allongé, invisible, en plein milieu de la salle du château, au vu et au su de ceux qui veulent venger la mort de leur maître. Le corps du mort, portant la signature du coupable, se rebelle en quelque sorte. Le défunt désigne encore son tueur : celui qui fait couler le sang semble trahi par le sang même. Dans cet univers à la fois magique et symbolique, le monde des choses et des chairs est truffé de traces significatives...

STYLE ET ÉCRITURE

Une écriture musicale

- Chrétien de Troyes, qui a composé des chansons courtoise, maîtrise la langue des troubadours. Dès lors, destinées à être entendues plutôt que lues, ses œuvres romanesques conservent encore une musicalité certaine. Son style, plein de vivacité et d'affects, frappe l'oreille et, comme l'écrit Jean Frappier, « le romancier courtois reste un conteur » (FRAPPIER (Jean), *Étude sur* Yvain ou le Chevalier au lion *de Chrétien de Troyes*, p. 222) : il constelle son texte de marques d'oralité. Chrétien de Troyes écrit en vers octosyllabiques à rimes plates : une forme souple, appropriée au conte, au dialogue et à la narration, car c'est un vers « léger, vif, coulant » (p. 246). Pour Jean Frappier, l'écrivain lui donne une « valeur plastique et musicale » : « Les surprises pittoresques de la versification rompent l'uniformité de l'octosyllabe et servent à indiquer les attitudes, les mouvements, les gestes et jusqu'aux intonations. » (p. 246) En outre, sa technique de composition comprend quelques spécificités :
- Chrétien de Troyes est le premier à briser l'octosyllabe – ses phrases peuvent s'étendre sur un vers et demi ou plusieurs vers et, réciproquement, deux phrases peuvent chez lui être contenues dans un seul octosyllabe ;
- il use des rejets et des contre-rejets, attribuant à ses mots une place expressive ;
- ses coupes, fréquentes et diverses, permettent tantôt

des ralentissements et tantôt des accélérations du rythme, etc.

Mais quoiqu'il emprunte encore à la chanson et à la poésie, le style de Chrétien de Troyes est déjà assurément romanesque.

La matière folklorique

De fait, Chrétien de Troyes fait dialoguer de façon virtuose le conte et le roman, donnant ses lettres de noblesse à ce genre émergent ; par une amplification harmonieuse, le romancier approfondit la matière première folklorique. *Yvain ou le Chevalier au lion* trouve en effet sa source dans plusieurs contes populaires combinés entre eux : comme tous les romans arthuriens, il se déploie alors à partir des lais bretons, poèmes narratifs et musicaux qui constituent le noyau originel de l'intrigue, et des motifs qui les par-courent. *Yvain* opère donc la synthèse de trois lais celtiques :

- le lai de Barenton, cité par l'auteur qui évoque « Laudine, la dame de Landuc », « fille du duc Landudet sur laquelle un lai a été composé » (v. 2 154-55). Ce conte merveilleux, adapté d'un mythe saisonnier celtique où le combat contre la canicule devient cosmique (lutte contre les forces de l'Univers) et eschatologique (qui a trait aux fins dernières de l'homme), relate déjà le prodige de cette fon-taine magique : dans la tradition celtique, épouser la fée de la fontaine confère au héros sa souveraineté. Ce conte a peut-être été fondu ici avec un très vieux mythe hittite (peuple ayant vécu en Anatolie au IIe millénaire av. J.-C.) : le combat du dieu de l'Orage contre le serpent-dragon

Illuyanka, pour permettre aux pluies de féconder la terre quand le dragon de feu bloque les eaux ;

- un lai de la folie, qui a des traits communs avec un conte islandais rapporté au XIIe siècle par le poète Snorri Sturluson (1178-1241) dans *L'Orbe du monde* : un roi épouse une princesse finlandaise et regagne sa ville, mais ne respecte pas le délai de retour fixé par son épouse. Celle-ci fait donc appel à une magicienne pour le punir : un matin, le roi se réveille les jambes écrasées, puis la tête en bouillie. Il se dit attaqué par la « Mahr », personnification du maléfice qui l'a envoûté et qui nous renvoie à la folie d'Yvain. Pour Philippe Walter, le lai celtique dont Chrétien de Troyes s'est inspiré sans le citer et ce texte islandais se réfèrent à une même histoire, issue du tronc commun des mythes indo-européens.

- un conte sur le thème de l'animal reconnaissant : le motif de la bête qui, sauvée par un homme, s'attache à lui, est très répandu dès l'Antiquité, puis au Moyen Âge.

Au seuil du roman : narrateur et temporalité nouvelle

La « matière de Bretagne », qui met en scène les chevaliers à la cour d'Arthur dans un monde mythique merveilleux, est donc fondue et remaniée dans la structure du roman, dont l'univers de référence est plus ample. La matière légendaire de l'œuvre est ici portée par la figure de Calogrenant, qui raconte initialement à la cour sa mésaventure à la fontaine.

Au sein même du récit, ce chevalier livre et imbrique un autre récit archétypal : traversée de l'« Autre Monde », rencontre d'un intercesseur vers la merveille (le rustre aux taureaux), mise à l'épreuve du héros par le combat (duel contre le défenseur de la fontaine).

Calogrenant se tient alors au seuil du roman et permet au conte qu'il relaie de s'inscrire dans la durée ; Yvain prend ensuite la relève en décidant d'aller se confronter à cette aventure, tandis que « Chrétien le narrateur prend le relais de Calogrenant le conteur », écrit Philippe Walter (TROYES (Chrétien de), *Œuvres complètes*, édition préfacée par Philippe Walter, Paris, Gallimard, « Bibliothèque de la Pléiade », 1994, p. 1 174). Ainsi, le récit primitif et factuel de Calogrenant fonde une configuration narrative plus complexe qui met en scène un ballet de personnages et nous donne accès à leur intériorité. La machine romanesque se met en branle sous la houlette d'une figure nouvelle, celle du narrateur qui se met en scène à travers divers procédés :

- **des prétéritions** (figures qui consistent à dire quelque chose en annonçant qu'on le fera pas). Exemple : « Je vous entretiendrais longtemps de cette allégresse, si je ne risquais pas de gaspiller mes paroles. » (v. 2 393-94) ;
- **des commentaires à la première personne**. Exemple : « Ainsi je partage cette opinion des Bretons/ que son nom [Arthur] survivra jusqu'à la fin des temps » (v. 38-39) ; « Je prends plaisir à raconter/ quelque chose qui vaut la peine d'être écouté » (v. 33-34) ;
- **des vérités générales, proverbes et maximes** introduits par l'auteur lui-même. Exemple : « Un sot est rendu gai par de belles paroles, et on a tôt fait de le mystifier » ;
- **des questions rhétoriques**. Exemple : « Savez-vous de qui je veux parler ? » (v. 2 399), etc.

En outre, Chrétien inscrit son récit dans une temporalité nouvelle ; le temps est ici plus étiré et plus complexe que celui du conte, car il doit répondre aux exigences de la narration romanesque :

- le temps, plus long et plus morcelé, à la fois balisé et incertain, ménage un cadre propice au surgissement de l'aventure. Le roman débute à la Pentecôte, et Laudine demande à Yvain de ne pas lui revenir après le 1er juillet (« huit jours après la Saint-Jean ») : « Yvain affronte le temps en personne », pour Philippe Walter. Cadre du roman, le temps est aussi un enjeu thématique et dramatique. Le roman se cristallise autour de ce délai non respecté : Laudine a offert à Yvain un peu de temps loin d'elle, mais dans certaines limites qu'il ne respecte pas. Dès lors, le héros bascule dans une autre temporalité, un temps étiré et vide où il n'est plus lui-même : cette latence ouvre sur un « temps autre » à la faveur duquel il peut se réinventer ;
- tantôt le temps se dilate, tantôt il se contracte. Ainsi, quelques jours s'étirent sur plus de 100 pages (toutes les aventures d'Yvain, entre la rencontre du lion et le dénouement), alors que la durée d'un an et demi peut être contenue en quelques vers (quand Yvain et Gauvain courent les tournois, et qu'Yvain oublie le délai imposé par Laudine).

Une structure symbolique

Le foisonnement d'aventures que traverse Yvain ne doit pas masquer l'architecture sous-jacente d'un récit où rien n'est laissé au hasard. La composition, faite de symétries, d'échos et de contrastes, tisse un réseau de significations qui transmue l'anecdote en vérité morale. Philippe Walter parle, à ce propos, de « réalisme mythologique » (TROYES (Chrétien de), *Œuvres complètes*, p. 1 178) : Chrétien de Troyes puise dans des thèmes narratifs féconds qu'il utilise dans leur sens littéral, mais qu'il enrichit aussi d'une valeur métaphorique. Son roman opère alors une synthèse poétique à travers une merveille paradoxale qui, porteuse de magie et de fantastique, revêt encore un sens symbolique et moral : en d'autres termes, il puise dans le mythe pour réfléchir aux mœurs de son temps et en tirer une analyse ancrée dans le réel.

Cas peu fréquent chez Chrétien de Troyes, le roman s'ouvre sur un prologue très court, sans adresse ni dédicataire, sans proverbe ni annonce de sa matière : ces éléments introductifs sont différés et seront pris en charge par le récit de Calogrenant. Le roman s'organise alors immédiatement autour de deux motifs magiques et symboliques :

- **la fontaine, à la fois lieu magique et point nodal du destin d'Yvain.**
  - Le héros y déclenche d'abord la tempête qui le fait entrer dans l'« Autre Monde » – celui de son parcours spirituel.

- Plus tard, c'est là que ses pas le mènent avec son lion, comme guidé par une nécessité intérieure, au moment où il perd la raison.
- C'est là, encore, que Lunete dit à la jeune fille envoyée par la cadette de la Noire Épine où elle pourra trouver Yvain.
- Enfin, la fontaine est le lieu où tout se dénoue : en provoquant une nouvelle fois la tempête, Yvain affronte la réalité et redevient lui-même en même temps qu'il devient un autre, meilleur.

La fontaine symbolise alors en quelque sorte une entrée vers un au-delà du monde des apparences, une traversée du miroir.

- **le lion**. La rencontre d'Yvain avec l'animal est située exactement au mitan de l'œuvre, créant une bipartition significative et organisant aussi bien un avant qu'un après : dans la première partie du roman, le chevalier est d'abord un être incomplet. Rencontrant son double après qu'il a été absous de ses fautes par sa folie – qui le fait sortir de lui-même –, il est ensuite soumis à une contrition plus intérieure : le lion ouvre chez lui les portes de la rédemption.

En outre, la dimension symbolique du roman est encore contenue dans sa structure en gradation. De fait, Yvain affronte d'abord un seul adversaire (Harpin de la Montagne), puis deux (les fils de netun à la Pire Aventure), puis trois (les chevaliers qui accusent Lunete de trahison). Enfin, il doit encore combattre Gauvain. La difficulté de l'assaut repose ici non plus sur la quantité, mais sur la qualité de l'adversaire :

Gauvain est seul, mais il est d'une telle valeur qu'il libère et révèle, en miroir, celle d'Yvain. Et c'est à travers ces combats, de plus en plus âpres et difficiles, qu'Yvain éprouve sa valeur et parvient, au terme de son aventure, à une chevalerie transcendée : chevalier solaire à l'héroïsme purifié, il « fait triompher la féminité au lieu de la soumettre » (TROYES (Chrétien de), *Œuvres complètes*, p. 1 184), imprégnant de christianisme l'idéal courtois. Il rétablit l'équilibre entre une place insuffisante accordée à la femme dans la religion chrétienne et sa toute-puissance accordée par l'éthique courtoise.

Un millefeuille narratif

- *Yvain ou le Chevalier au lion* constitue une sorte de « mille-feuille narratif » ; le roman est ici un genre complexe, une caisse de résonance qui vient amplifier et approfondir les matériaux empruntés çà et là. Chrétien de Troyes transpose en effet contes, références mythiques et folk-loriques celtes dans le monde de son temps : chevaliers et merveilles servent à mettre en perspective les débats de l'éthique courtoise. Surtout, à l'intrigue initiale, nourrie de ces contes entremêlés, coupés et adaptés, il ajoute :
- **des épisodes guerriers**, décrits dans le registre épique. Les scènes de combats sont innombrables, et la violence y est souvent portée à son paroxysme : le lion « a frappé le sénéchal d'une ardeur si impétueuse qu'il a fait voler les mailles du haubert comme si c'étaient des brins de paille » (v. 4 520-21) ; « [Yvain et Gauvain] se battent si longtemps que le jour commence à devenir nuit. Les flots de sang, chauds et jaillissants, sortent à gros bouillons

par les entailles multiples qu'ils ont sur leurs corps, et coulent par-dessous leurs hauberts » (v. 6 205-6 210) ; « Il s'en faut peu qu'ils ne fassent jaillir la cervelle du crâne » (v. 6 141) ;

- **des monologues à caractère théâtral**. Par exemple, le monologue délibératif de Laudine, rapporté au style indirect, pour se convaincre qu'elle n'a aucune raison de haïr Yvain : « C'est ainsi qu'elle soutient sa cause, exactement comme s'il s'était présenté devant elle. Elle commence alors à plaider contre lui » (v. 1 759-60) ; « Ainsi s'est-elle prouvé à elle-même qu'elle n'a pas le droit de le haïr. Elle dit donc ce qu'elle voudrait et elle s'enflamme elle-même » (v. 1 777-79) ;

- **des dialogues**, rapportés au discours direct, permettant le développement d'analyses subtiles. C'est le cas, par exemple, d'un dialogue amoureux à tonalité lyrique, entre Yvain et Laudine ; entre badinage et exaltation de la passion, il se construit sur des questions rhétoriques et leurs réponses :

> « [Laudine] – D'où peut venir cette force / qui vous contraint à consentir à toutes mes volontés ?
> [Yvain] – La force vient de mon cœur, qui s'attache à vous. C'est mon cœur qui m'a mis en ce désir.
> – Et qui y a mis le cœur ?
> – Mes yeux.
> – Et qui y a mis les yeux ?
> – La grande beauté que je vis en vous,
> – Et la beauté, quel crime a-t-elle commis dans l'affaire ?
> – Dame, celui de me faire aimer. » (v. 2 012-2 027)

- **des descriptions**. Lunete donne par exemple à Yvain

une « robe d'écarlate vermeille, fourrée de vair et encore toute poudrée de craie [...], une ceinture et une aumônière taillée dans un splendide brocart (v. 1 883-1 892) ;

- **des commentaires** (scolastiques, philosophiques, etc.) qui sont autant d'intrusions de l'instance narrative dans le cours du récit : « Amour se trouve en grand déclin/ Car ceux qui, autrefois, faisaient profession d'aimer/ méritaient qu'on les appelât courtois » (v. 23-25) ; etc.

En outre, les épisodes du récit s'entrelacent, créant parfois un effet de suspens. Si la structure du roman est binaire (faute/reconquête), les péripéties se multiplient et le rythme s'accélère à partir du point d'acmé que constitue la folie d'Yvain. Ses aventures s'enchâssent désormais les unes dans les autres, tandis qu'il progresse sur le chemin des retrouvailles avec lui-même et avec autrui : le combat contre le géant Harpin de la Montagne est emboîté dans l'histoire de Lunete sauvée du bûcher, tandis que l'épisode du château de la Pire Aventure l'est dans l'intrigue des filles du seigneur de la Noire Épine. La complexité de la reconquête de Laudine contraste alors avec la rapidité de sa conquête, au début du roman. Les aventures surviennent comme s'il en pleuvait, comme si elles étaient déclenchées symboliquement par la fontaine qui fait pleuvoir, cachées les unes dans les autres à l'instar de poupées gigognes.

LA RÉCEPTION D'*YVAIN OU LE CHEVALIER AU LION*

GRANDE POPULARITÉ D'*YVAIN* AU MOYEN ÂGE

Diffusion et adaptations

Au Moyen Âge, avant l'imprimerie (XVe siècle), les manuscrits sont recopiés par des copistes. Ceux-là jouent un rôle central dans la diffusion de la littérature de leur époque : ils se font passeurs, mais aussi écrivains et éditeurs, regroupant parfois les textes en recueils. Ces recueils, composés de feuilles pliées et assemblées en cahiers cousus, réunissent des textes indépendants autour d'un thème ou d'un personnage épique, formant alors un cycle (*Lancelot* et *Tristan*, notamment). D'autres s'organisent en fonction d'une trame historique, comme ce manuscrit, dit « de Paris », à la fin du XIIIe siècle, où les romans de Chrétien de Troyes sont intercalés dans *Le Roman de Brut* au moment où Wace évoque les fables auxquelles ont donné lieu les années de paix du règne d'Arthur. On voit aussi apparaître des manuscrits organisés autour de l'œuvre d'un auteur : en ce qui concerne Chrétien de Troyes, la copie de Guiot, justement, ou le manuscrit « de Paris ».

Pour Emmanuèle Baumgartner, auteure de l'étude *Yvain, Lancelot, la charrette et le lion*, le nombre de manuscrits de l'œuvre est alors un élément éclairant pour juger de sa réception et de sa popularité. Or neuf manuscrits (et quelques fragments), datant pour la plupart du XIIIe siècle, conservent encore l'œuvre de Chrétien de Troyes, ce qui constitue un nombre assez élevé pour un texte du XIIe siècle. En outre, le raffinement et la qualité artistique de certains d'entre eux peut constituer l'indice du succès qu'a remporté *Yvain* auprès d'un public plus exigeant, commanditaire de copies de luxe. Toutefois, aucun n'a été écrit par Chrétien de Troyes lui-même ; les plus anciens à être parvenus jusqu'à nous datent du XIIIe siècle, notamment le manuscrit champenois du copiste Guiot (deuxième quart du XIIIe siècle).

Le succès d'*Yvain ou le Chevalier au lion* a été considérable dès les XIIe et – surtout – XIIIe siècles, ce qu'illustrent, peu de temps après son écriture, les versions produites en d'autres langues : vers 1205, Hartmann von Aue (poète épique, 1165-1210), qui a déjà diffusé *Érec et Énide* outre-Rhin, traduit le roman en allemand, sous le titre d'*Iwein*. Au XIIIe siècle, Hákon Hákonarson (1204-1263), roi de Norvège, fait traduire en norrois (la langue des Norvégiens et des Islandais du Moyen Âge) plusieurs textes français du siècle précédent, dont *Ívens saga*, d'après *Le Chevalier au lion*. Le roman est aussi adapté en vieux suédois en 1303, sous le titre *Herr Ivan*, et il s'impose probablement dans une grande partie de l'Europe médiévale. Une version anglaise voit encore le jour au XIVe siècle : *Ywain and Gauvain*.

L'influence de Chrétien sur les romans ultérieurs

Des cinq romans arthuriens de Chrétien de Troyes, ceux qui ont le plus influencé les écrivains ultérieurs sont *Lancelot* et *Le Conte du Graal* – ce roman, inachevé, a connu une immense extension via des continuateurs. Le rayonnement exceptionnel que connaît au XIIIe siècle l'œuvre de Chrétien de Troyes tient au fait qu'il a, à lui tout seul, inventé un genre – le roman arthurien en vers –, et, avec lui, le procédé d'entrelacement des épisodes. Il a ensuite été beaucoup imité, fournissant la matière des premiers romans en prose (*La Mule sans frein*, de Païen de Mézières, écrivain français du Moyen Âge, v. 1327-1405 ; *Le Chevalier à l'épée*, de Raoul de Houdenc, poète et trouvère français, 1175-1230, etc.) qui apparaissent au début du XIIIᵉ siècle, en étant rarement égalé car, dans ces œuvres, le héros se perd souvent dans une accumulation de prouesses qui n'est plus, comme chez Chrétien de Troyes, portée par un sens profond. Plus anecdotique, moins spirituelle, l'aventure chevaleresque finit par se dévoyer, ce qui peut expliquer la veine parodique apparue alors.

Le personnage d'Yvain n'apparaît quant à lui que peu dans les romans arthuriens en vers postérieurs à Chrétien de Troyes, si ce n'est sous une forme stéréotypée – comme dans *Claris et Laris* (1270), roman français anonyme –, comme si le héros appartenait déjà à un monde suranné. Il occupe toutefois une place un peu plus grande dans les romans arthuriens en prose, comme *Le Livre d'Artus*, ajout tardif au cycle du *Graal*. Mais plus que le protagoniste, ce sont surtout les motifs d'Yvain qui connaissent une grande fortune :

- le thème de la folie sera largement repris, devenant un passage quasiment obligé des romans de chevalerie, jusqu'à *L'Orlando furioso* (réécrit pendant des décennies, à partir de 1503) de l'Arioste (poète italien, 1474-1533) et le *Don Quichotte* (1605 et 1615) de Cervantès (1547-1616).
- la fontaine, lieu mythique de la rencontre amoureuse,

devient un motif récurrent de la littérature médiévale, de la fontaine de Narcisse qui, dans le *Roman de la rose* (écrit à plusieurs mains entre 1230 et 1280), est une fontaine d'amour, en passant par *La Fontaine amoureuse* (vers 1360) de Guillaume de Machaut (v. 1300-1377) ou la *Ballade du concours de Blois* (1458), de François Villon (poète français, v. 1431-v. 1463) : « Je meurs de soif auprès de ma fontaine ».

Une nouvelle version d'*Yvain*, au XVIe siècle

Le succès de l'œuvre se prolonge au-delà du Moyen Âge. Dans un autre contexte, au XVIe siècle, l'auteur lyonnais Pierre Sala (v. 1457-v. 1529) écrit une nouvelle version d'*Yvain*, qu'il offre en 1522 à François Ier (1494-1547), roi-chevalier, qui peut donc s'identifier au héros. En pleine Renaissance, les lecteurs sont friands de cette version revisitée au goût du jour, avec un héros en quête d'aventures, à la fois courtisan et guerrier. Pierre Sala a rationalisé le récit en gommant les épisodes merveilleux. Il l'a aussi simplifié en réduisant le nombre de personnages, tout en développant les relations entre hommes et femmes. Sa reprise du roman de Chrétien de Troyes laisse penser que l'intérêt des écrivains pour la « matière de Bretagne » ne s'était pas encore éteint au XVIe siècle.

RÉCEPTION CRITIQUE ET UNIVERSITAIRE AU XXe SIÈCLE

Aujourd'hui, l'importance et la richesse de l'œuvre peuvent encore être évaluées d'après les nombreuses études critiques et universitaires qui continuent de s'y intéresser.

Un débat critique virulent dans les années 1960

Yvain est en outre un roman si riche et polysémique qu'une polémique s'est cristallisée dans les années 1960 autour de l'épisode du château de la Pire Aventure : en faisant le portrait de ces fileuses exploitées, réduites à la misère, l'écrivain a-t-il fait œuvre de réalisme social et stigmatisé les dérives de son temps, ou forcé le trait pour dramatiser son récit ? Pierre Jonin a attesté l'existence, au XIIᵉ siècle, d'« ateliers seigneuriaux et d'une main d'œuvre taillable et corvéable à merci », sorte de « sous-prolétariat avant la lettre » (cité par Philippe Walter dans TROYES (Chrétien de), *Œuvres complètes*, p. 1 178).

Pour autant, Erich Auerbach a pointé, pour sa part, le fait qu'il serait anachronique d'y voir un naturalisme à la Zola (écrivain français, chef de fil du naturalisme, 1840-1902), l'écriture médiévale ayant une approche plus poétique de la réalité : elle la distend dans une légère torsion, alors même qu'elle la reflète. La *mimésis* (représentation du réel) s'y teinte d'une part de mythologie : les conditions de travail des ouvrières seraient en fait, selon lui, la conséquence d'une rançon extorquée par des netuns, figures de « minotaure celtique », plus que d'une « révolte des canuts » (*ibid.*) – en référence au soulèvement, en 1831, des ouvriers de la soie lyonnais.

Une œuvre riche de significations

La richesse de significations d'*Yvain ou le Chevalier au lion* peut encore se jauger à l'aune de la lecture critique contrastée qui en a été faite. Jean Frappier, notamment, donne à l'œuvre une interprétation avant tout courtoise, y voyant une tragi-comédie qui annonce l'âge classique du XVIIᵉ siècle. Dans la même direction, Philippe Walter y lit l'affirmation, par un art exceptionnel de l'ellipse et de la litote, d'une éthique de l'élégance en adéquation avec une courtoisie tempérée. Il montre, dans le même temps, que la virtuosité de Chrétien de Troyes dans ce roman se teinte de paradoxe : par la richesse de sa palette, l'écrivain semble toujours se tenir là où on ne l'attend pas.

La signification de l'œuvre serait donc joueuse et paradoxale, tout en nuances et faux-semblants : *Yvain* serait à lire comme un roman épique paradoxalement centré sur un héros et non plus sur la collectivité. Ce récit est composé d'une intrigue à tonalité héroïque, dans laquelle, pourtant, le sentiment prend le dessus sur les faits d'armes ; c'est, par ailleurs, une œuvre à teneur morale, mais qui fait fi, justement, de la morale commune pour chanter les vertus de valeurs originales et donner un cadre éthique à la démesure de la *fin'amor*.

Voici donc une œuvre suffisamment complexe, de surcroît, pour que le même critique soit en débat avec lui-même : en Yvain, Philippe Walter voit en effet à la fois un « Héraklès celtique » qui « accomplit des exploits herculéens avec son lion » (WALTER (Philippe), préface à Yvain ou le Chevalier au lion *et* Lancelot ou le Chevalier de la charrette *illustrés par la peinture préraphaélite*, p. 19), mettant en œuvre les forces créatrice de la fertilité contre la malédiction de la stérilité, et un « antiHéraklès » : « Le héros grec succombait à une misogynie viscérale », alors qu'« Yvain doit tout aux femmes : amour, guérison, idéal » (TROYES (Chrétien de), *Œuvres complètes*, p. 1184).

YVAIN, CHEVALIER DES PETITS ET DES GRANDS

De nos jours, *Yvain ou le Chevalier au lion* a donné lieu à de nombreuses adaptations via différents médias. Le héros de Chrétien de Troyes remporte notamment un franc succès auprès du jeune public, comme en témoignent les nombreuses versions publiées à destination de la jeunesse (chez l'École des loisirs, Gallimard Jeunesse, Magnard Jeunesse, etc.). En 2011, une médiathèque a même organisé à Troyes un atelier de création plastique autour de l'exposition *Chrétien de Troyes et la légende du roi Arthur* : les jeunes devaient réaliser une planche de bande dessinée d'après le roman.

Dans un autre registre, la série humoristique et dramatique d'heroic fantasy, *Kaamelott*, créée par Alexandre Astier (acteur, réalisateur et écrivain français, né en 1974), propose une interprétation décalée et parodique, délibérément anachronique, de la légende arthurienne : le roi Arthur est ici dépassé par les événements, les chevaliers de la Table ronde, et parmi eux Yvain, sont tournés joyeusement en ridicule, etc. En 2005, Sylvain Vincendeau réalise un moyen métrage d'animation de 52 minutes : *Le Chevalier au lion*. Ce film contemplatif, qui se veut optimiste, est inspiré du *kabuki* (genre théâtral traditionnel japonais) et donne aux personnages des expressions « graphiques » pour faire ressortir leur intériorité.

Votre avis nous intéresse !
Laissez un commentaire sur le site de votre librairie en ligne
et partagez vos coups de cœur sur les réseaux sociaux !

BIBLIOGRAPHIE

SOURCES BIBLIOGRAPHIQUES

- BAUMGARTNER (Emmanuèle), *Chrétien de Troyes : Yvain, Lancelot, la charrette et le lion*, Paris, Presses universitaires de France, 1992.
- « Casuistique », in *cnrtl.fr*, consulté le 06 avril 2017, http://www.cnrtl.fr/definition/casuistique
- FRAPPIER (Jean), *Étude sur* Yvain ou le Chevalier au lion *de Chrétien de Troyes*, Paris, Sedes, 1969.
- « Scolastique », in *Larousse.fr*, consulté le 06 avril 2017, http://www.larousse.fr/dictionnaires/francais/scolastique/71553
- TROYES (Chrétien de), *Yvain ou le Chevalier au lion et Lancelot ou le Chevalier de la charrette, illustrés par la peinture préraphaélite*, Paris, Diane de Selliers, 2014.
- TROYES (Chrétien de), *Romans*, Paris, Le Livre de Poche, « La Pochothèque », 1994.
- TROYES (Chrétien de), *Œuvres complètes*, édition préfacée par Philippe Walter, Paris, Gallimard, « Bibliothèque de la Pléiade », 1994.
- WALTER (Philippe), *Chrétien de Troyes*, Paris, Presses universitaires de France, « Que sais-je ? », 1997.
- ZINK (Gaston), *Littérature française du Moyen Âge*, Paris, Presses universitaires de France, 1992.

SOURCES COMPLÉMENTAIRES

Yvain ou le Chevalier au lion

- ACCARIE (Maurice), « La Structure du Chevalier au lion de Chrétien de Troyes », in *Le Moyen Âge*, tome 84, 1978, p. 13-34.
- DUBOST (Francis), « Le Chevalier au lion : une conjointure signifiante », in *Le Moyen Âge*, tome 90, 1984, p. 195-222.
- DUFOURNET (Jean) (études recueillies par), Le Chevalier au lion *de Chrétien de Troyes. Approches d'un chef-d'œuvre*, Paris, Champion, 1988.
- JONIN (Pierre), « Aspects de la vie sociale au XIIe siècle dans *Yvain* », in *L'Information littéraire*, tome 16, 1964, p. 47-54.
- LE GOFF (Jacques) et VIDAL-NAQUET (Pierre), « Lévi-Strauss en Brocéliande. Esquisse pour une analyse d'un roman courtois », in *Critique*, tome 30, 1934, p. 543-571. Repris dans LE GOFF (Jacques), *L'Imaginaire médiéval. Essais*, Paris, Gallimard, 1985, p. 151-187.
- LYONS (Faith), « Sentiment et rhétorique dans l'*Yvain* », in *Romania*, tome 83, 1962, p. 370-377.
- WALTER (Philippe), *Canicule. Essai de mythologie sur* Yvain *de Chrétien de Troyes*, Paris, Sedes, 1988.

Chrétien de Troyes

- FRAPPIER (Jean), *Chrétien de Troyes. L'homme et l'œuvre*, Paris, Hatier, 1957.
- LEFAY-TOURY (Marie-Noëlle), « Roman breton et mythes

courtois. L'évolution du personnage féminin dans les romans de Chrétien de Troyes », in *Cahiers de civilisation médiévale*, vol. 15, 1972, p. 193-204 et 283-294.
- MICHA (Alexandre), « Temps et conscience chez Chrétien de Troyes », in *Mélanges de langue et de littérature médiévales offerts à Pierre Le Gentil*, Paris, Sedes, 1973, p. 553-560.

Le Moyen Âge et le XIIe siècle

- AUERBARCH (Erich), *Mimesis. La représentation de la réalité dans la littérature occidentale*, Paris, Gallimard, 1968.
- KÖHLER (Erich), *L'Aventure chevaleresque. Idéal et réalité dans le roman courtois*, Paris, Gallimard, 1970.
- MARKALE (Jean), *L'Amour courtois ou le couple infernal*, Paris, Imago, 1988.

ICONOGRAPHIES

- Gravure de 1530 représentant Chrétien de Troyes dans son atelier et conservée à la Bibliothèque nationale de France. La photo reproduite est réputée libre de droits.
- Miniature de 1295, d'un artiste anonyme, qui représente Yvain sauvant le lion. Elle est conservée à la Princeton University Library. La photo reproduite est réputée libre de droits.
- Représentation datant du XVe siècle d'Yvain et de son lion combattant un dragon. Elle provient d'un manuscrit du duc de Nemours Jacques d'Armagnac (1433-1477) qui raconte les aventures d'Arthur. La photo reproduite est

réputée libre de droits.

- Miniature de 1295, d'un artiste anonyme, représentant Yvain en duel face à Gauvain. Elle est conservée à la Princeton University Library. La photo reproduite est réputée libre de droits.

Éditeur responsable : Lemaitre Publishing
Avenue de la Couronne 382 | BE-1050 Bruxelles
info@lemaitre-editions.com

ISBN ebook : 978-2-8062-9683-2
ISBN papier : 978-2-8062-9684-9
Dépôt légal : D/2017/12603/234
Couverture : © Lisiane Detaille.

Conception numérique : Primento,
le partenaire numérique des éditeurs.